Dierk Rohdenburg

Das Foto

dtv junior

Die Taschenbibliothek

Originalausgabe

Oktober 1996

Umschlaggestaltung: Balk & Brumshagen
Umschlagbild: Jub Mönster
Gesamtherstellung: Ebner Ulm
Printed in Germany · ISBN 3-423-08354-9

I

Er hetzt über das nasse, glitschige Kopfsteinpflaster der Vorstadtstraße, vorbei an verrotteten Häusern, deren brüchiges Mauerwerk in der Dunkelheit nur schemenhaft zu erkennen ist. Schwammige Pilze, feuchtkaltes Moos wuchern aus den Ritzen, breiten sich ungehindert aus in der dumpfen, drückenden Luft. Kein Licht! Kein menschliches Leben! Nur das unheimliche Trappeln der Rattenpfoten im verborgenen, ihre Quieklaute in der Nacht.

Schreie! Ohnmächtige Angst. Immer wieder dröhnt es in seinen Ohren. Er preßt die Hände gegen die Schläfen. Ruhe! Doch die Schreie sind in ihm, vibrieren in seinem Körper. Immer und immer wieder! Der dumpfe Aufprall, dann Totenstille! Er hastet weiter die Straße hinauf, schaut erneut zum Himmel. Gewaltige Regenwolken türmen sich auf, dunkelrot und bedrohlich ballen sie sich über der Stadt zusammen. Jeden Moment kann das Gewitter losbrechen.

In einiger Entfernung blinken Lichter, hasten Menschen: die Kreuzung. Diese verfluchte Kreuzung! Sie zieht ihn an. Ein unwiderstehlicher Sog erfaßt ihn.

»Du mußt sehen, was geschehen ist! Die Angst in ihren Augen! Du mußt zu ihr.«

Er kann sich nicht wehren, der Sog ist stärker, seine

Beine kennen den Weg – den Weg zum Ort des Geschehens.

Kurz bevor er die Kreuzung erreicht, brechen die Wolken auseinander. Blitze zucken durch die Nacht. Donnergrollen wie stürzende Felsen. Es regnet in Strömen. Der Regen ist rot! Rot wie Blut. Rote Tropfen prasseln auf das Pflaster, tosen als reißender Strom den Gehweg entlang. Menschen hasten vorbei, die Köpfe gesenkt, in den Mantelkragen geduckt.

»Wie können sie nur so teilnahmslos weiterlaufen? Sehen sie denn nicht, daß es Blut regnet?«

Entschlossen tritt er einem Mann entgegen, der an ihm vorbeieilen will. Er krallt sich an dessen Mantel fest und schreit ihn an: »Merken Sie nicht, daß Blut vom Himmel fällt?«

Der Mann sieht kurz hoch, blickt ihn mitleidig an, als hätte er einen Verrückten vor sich, lächelt flüchtig und will sich dann an ihm vorbeidrängen. Doch er hält ihn am Ärmel fest.

»Sie ist tot. Hören Sie! Das ist ihr Blut!«

»Lassen Sie mich zufrieden!« Der Mann reißt sich mit einem kräftigen Ruck los. »Das geht mich nichts an.«

Er droht wütend mit den Fäusten. Doch es hat keinen Zweck. Sie sind taub! Sie sind blind! Sie alle wollen nichts wissen!

Björn schreckt hoch. Wo ist er? Er kann nichts sehen! Alles ist dunkel. Wo ist die Kreuzung? Annette?

Seine Augen gewöhnen sich nur langsam an die Umgebung. Erst, als er Musik aus dem Nebenzimmer hört, wird ihm klar, daß er zu Hause ist und es nur wieder einer dieser miesen Alpträume war. Annette ist tot, seit zwei Jahren schon. Doch immer wieder kehren diese Bilder zurück. Sie lassen sich nicht verdrängen, quälen ihn stets aufs neue. Dabei ist das alles schon so lange her. Unfallflucht! Der Fahrer war damals einfach abgehauen. Hatte Annette da auf der Straße liegenlassen, und sie war elend verblutet. Man hat ihn nie ausfindig machen können, obwohl in den Zeitungen und sogar im Radio nach ihm gesucht wurde. Dieses Schwein war mit seinem Wagen rücksichtslos um die Kurve geschossen, hatte Annette frontal erfaßt und war einfach weitergefahren. Wäre er nicht abgehauen, hätte er gleich Hilfe geholt, dann . . . Aber das waren Wunschträume, die nie mehr in Erfüllung gehen konnten. Aus und vorbei, und das wegen dieses Idioten – und seiner Beifahrerin, die eine Zeugin gesehen haben wollte. Die Frau hatte alles von ihrem Wohnzimmerfenster aus beobachtet, hatte – seit Jahren an den Rollstuhl gefesselt – Annette aber nicht zu Hilfe eilen können.

Und als der Krankenwagen kam, war alles schon zu spät gewesen. Der Typ war auch noch ausgestiegen, um nach Annette zu sehen. Als er sie dann aber so schwer verletzt dort liegen sah, hatte er es wohl mit der Angst zu tun bekommen und sich aus dem Staub gemacht.

Björn durchzuckt ein heftiger Schmerz.

Er hatte sich damals ganz in sich zurückgezogen, sich total einsam und verlassen gefühlt. Eine Beziehung zu einer anderen Frau hatte er sich nicht mehr vorstellen können – das schien für alle Zeiten vorbei zu sein.

Doch jetzt gab es Yvonne. Yvonne, die ihm vor kurzem einfach so über den Weg gelaufen war, mit ihrem Sohn Felix.

2

Yvonnes Wohnung ist schön und gemütlich. Hier fühlt er sich schon ganz wie zu Hause. Björn schlendert zurück ins Wohnzimmer und greift nach den Fotos, die Felix gerade eben über den Boden verstreut hatte. Als er sie in die Schublade zurücklegen will, fällt sein Blick auf die Aufnahme eines schwarzen Sportwagens. ›Ist das nicht der Wagen, durch den Annette damals . . .?‹

Ein Mann ist auch auf dem Foto abgebildet. Etwa 25 Jahre alt. Sportlicher Typ. Kurzgeschnittene, dunkle Haare, schwarze Lederkluft, rote Baseballmütze. Lässig lehnt er, einen Arm auf dem Kotflügel abgestützt, an diesem schwarzen Sportwagen.

Jetzt ist sich Björn ganz sicher. Das ist der Wagen, mit dem Annette damals überfahren worden ist. Ein schwarzer Opel. Dieses Modell vergißt er nie!

Er hatte es im Unfallprotokoll gelesen. Leider hatte sich die Zeugin das Kennzeichen nicht merken können. Alles war viel zu schnell gegangen. Aber sie hatte den Typen beschreiben können, weil der ja kurz ausgestiegen war: Dunkelblond, kräftige Statur, Lederkluft und rote Baseballmütze.

Als wäre es gestern gewesen, hallt diese Beschreibung durch Björns Kopf. Sein Herz klopft bis zum Hals.

Aber niemand hatte den wirklich Schuldigen genauer gesehen oder später wiedererkannt, und ein schwarzer Opel war in ihrer Gegend auch nie wieder aufgetaucht.

Doch wie kam Yvonne zu diesem Foto?

Aufgeregt dreht Björn die Aufnahme um, liest die Widmung, die auf der Rückseite steht: »Für Dich, liebe Yvonne. Von Deinem Peter.«

Kalter Schweiß bricht ihm aus. Blut pocht hinter seinen Schläfen. »Von Deinem Peter.« Yvonnes Ex-Freund, mit dem sie zusammengelebt hatte! Ja, Yvonne hatte den Namen mehrmals erwähnt! Der Mann, das Auto, die Beifahrerin . . .

Die Zeugin war sich ganz sicher gewesen, eine Beifahrerin gesehen zu haben.

Björn versucht, tief durchzuatmen, sein Herz klopft wie wild: Könnte es Yvonne gewesen sein?

Hastig legt er das Foto zur Seite auf den schon in der Schublade liegenden Stapel. Er blickt sich um. Keiner ist außer ihm im Zimmer. Deutlich hört er das Ticken des Weckers auf dem alten Eichenschreibtisch. Aus der Küche kommt Geschirrklappern, das schmatzende Gegurgel der Kaffeemaschine.

Einen Moment lang zögert er, greift dann aber doch erneut nach dem Foto und steckt es eilig in die Hosentasche. Seine Finger zittern.

»Das kann doch alles nicht wahr sein«, schießt es ihm durch den Kopf.

Es ist aber wahr. Der Mann auf dem Foto muß der Täter sein. Die Beschreibung paßt genau. Er hat Fahrerflucht begangen, er ist ein Mörder! Und Yvonnes Ex-Freund! Eine Beifahrerin war auch im Auto! Yvonne! Sie hat sich mit ihm aus dem Staub gemacht. Annette auf der Straße liegengelassen, ihren Tod mitverschuldet!

Nein! Björn wendet sich ruckartig um, als könne er so all diese Gedanken abschütteln. Sein Blick fällt auf das großgeblümte Sofa, auf dem er gestern abend gesessen und auf Yvonne gewartet hatte. Daneben die Weinflasche, der Korkenzieher mit eingedrehtem Korken, der Aschenbecher, in dem sich die Kippen türmen.

Es war alles so schön gewesen. Die Sache mit dem Foto kann nur ein Irrtum sein, ein dummer Zufall! Yvonne hatte bestimmt nichts mit all dem zu tun.

Aber so viele Zufälle konnte es doch gar nicht geben: Der gleiche Wagen, die Personenbeschreibung, die auf Peter zutraf, die Beifahrerin. Das konnte tatsächlich Yvonne gewesen sein!

Aber Yvonne und Fahrerflucht? Yvonne, die sich so rührend um ihren Sohn kümmerte? Das paßte doch alles nicht zusammen!

Oder war es ein Wink des Schicksals? Sollte er dafür bestraft werden, daß er begann, Annette zu vergessen? Seine große Liebe, der er ewige Treue geschworen hatte. Bestraft dafür, daß er mit Yvonne eine neue Beziehung eingegangen war. Mit Yvonne – die vielleicht kaltschnäuzig einfach weggefahren war, als Annette auf der Straße verblutete ...

Nur weg hier!

Im Nu ist er auf den Beinen, läuft ins Nebenzimmer zum Bett, greift nach seiner Jacke und dem Rucksack. Mehr hatte er gestern nicht mitgebracht. Schnell durch den Wohnraum, hinaus auf den Flur!

»Björn, was ist?« Yvonnes erstaunte Stimme aus der Küche. Er sieht sie durch den Spalt der Tür. Einen Moment zögert er. »Was tue ich hier?« schießt es ihm durch den Kopf. Keine Antwort. Statt dessen Bilderflackern. Fetzen der Vergangenheit. Panisch rennt er zur Tür. Er kann nicht darüber sprechen. Jetzt nicht.

Yvonne kommt eilig in den Flur, nur mit einem

langen T-Shirt bekleidet, ein Tablett in den Händen.

Björn dreht sich kurz um. Ihre Augen! Erschrokken blickt sie ihn an.

»Nur weg hier!« pocht es unaufhörlich hinter seiner Stirn.

»Ich muß weg hier!« schreit er ihr entgegen, spürt wieder diese ohnmächtige Angst, reißt die Tür auf und ist mit einem Schritt draußen.

»Björn, was ist denn?« Die Tür fällt ins Schloß.

Er stürzt die Treppe hinunter. Auf der Straße schlägt ihm feuchtkalte Herbstluft entgegen.

»Weiter, weiter!« Er sieht nichts, will nichts sehen. Nur schnell weg hier. Wie eine Welle schwappen die Erinnerungen über ihm zusammen.

Erst an der nächsten Straßenbiegung wird er ein wenig ruhiger, verlangsamt seinen Schritt, schaut sich um. Nein, niemand ist hinter ihm. Kein aufgeregtes Geschrei, kein Gezeter. Geschafft!

Hastig zieht er seinen Tabakbeutel aus der Jackentasche und dreht sich mit zittrigen Fingern eine Zigarette. Das war doch alles total verrückt!

3

Sprachlos steht Yvonne im Flur, das Tablett noch immer in den Händen. Sie blickt entgeistert auf die Haustür. Felix ruft aus dem Kinderzimmer nach ihr. Der Knall hat ihn aufgeschreckt.

Was ist nur mit Björn los? Was war passiert?

Eilig geht sie zurück in die Küche, stellt das Tablett auf den Tisch, greift nach dem Hausschlüssel und läuft hinaus. Unten prallt sie mit ihrem Nachbarn zusammen. Konservenbüchsen springen aus Plastiktüten, rollen über die Platten auf die Straße. Ein Glas zerbricht. Rote Karottenkügelchen rollen wie Murmeln über den Asphalt.

»Mein Gott, Frau Schneider. Was ist denn passiert?« stößt der alte Mann erschreckt hervor. »Sie sind ja ganz blaß! Kann ich Ihnen helfen?«

»Nein, danke. Es geht schon.« Yvonne beißt sich verärgert auf die Lippen. »Tut mir leid, entschuldigen Sie bitte«, beeilt sie sich zu sagen und bückt sich, um die Einkäufe aufzusammeln. Unauffällig blickt sie dabei die Straße hinauf, doch Björn ist nicht zu sehen.

»Ist mit Ihnen wirklich alles in Ordnung?«
»Ja, alles o. k.«

Zurück in der Wohnung, lehnt sie sich enttäuscht an warum? Der vergangene Abend war doch richtig schön gewesen, und auch heute morgen schien alles in bester Ordnung zu sein.

Ach ja, der Kleine hatte die Schublade herausgezogen und alle Fotos über den Boden verteilt. Darüber hatte sie sich kurz aufgeregt, aber Björn hatte nur gelacht . . .

Nachdenklich geht sie ins Kinderzimmer, um Felix zu beruhigen. Der hat sich mittlerweile vor Aufregung in die Hose gemacht. Auch das noch! »Scheiße!« Das Holzauto knallt gegen die Heizungsrippen. Yvonne zuckt erschrocken über ihre heftige Reaktion zusammen. Der Kleine kann schließlich nichts dafür, daß sie so schlecht gelaunt ist, aber manchmal wächst ihr der ganze Kram über den Kopf.

»Du bist ein alter Schißhase!« raunzt sie ihren Sohn an. »Wo kämen wir denn hin, wenn jeder gleich in die Hose macht, wenn's Ärger gibt, he?«

Felix ist das im Moment egal. Hauptsache, er wird auf den Arm genommen.

»Hm, das riecht ja delikat heute. Gute Zutaten gehabt, was?« Yvonne lacht, als sie Felix' zerknirschtes Gesicht sieht. Sie säubert seinen Hintern, zieht ihm frische Sachen an, dann gehen sie zurück ins Wohnzimmer.

›Wieso ist Björn so unvermittelt verschwunden?‹ Alles war so rätselhaft, ging viel zu schnell. Sie hatte ihn nicht wiedererkannt; sein gequälter Gesichtsausdruck, als er dort im Flur stand ...

Noch immer liegen ein paar Fotos auf dem Teppich vor der Schublade. Yvonne bückt sich und betrachtet die Aufnahmen. Sie zeigen ihren Sohn. Felix in der Badewanne. Felix beim Wickeln. Felix beim Essen, das Gesicht mit Karottenbrei verschmiert. Nichts Außergewöhnliches; die meisten Bilder sind schon über ein Jahr alt. Sie schiebt die Fotos zusammen und wirft sie zurück in die Schublade.

›Vielleicht taucht Björn ja bald wieder auf?‹ Doch sie ahnt, daß jemand, der auf diese Weise verschwindet, nicht so schnell zurückkommt. Was hatte sie falsch gemacht? Was, zum Teufel, war geschehen?

Yvonne blättert wahllos einige Zeitschriften durch, blickt dann zum Fenster hinaus. Nein, sie hatte nichts falsch gemacht! Nicht wieder diese Schuldgefühle! ›Wenn ein Mann die Frau verläßt, ist nicht automatisch die Frau schuld. Willst du das endlich begreifen?‹ Sie geht hinüber in die Küche, schenkt sich einen Kaffee ein, schaltet das Radio an. Werbung. Dann noch ein Song vor den Nachrichten: »Seit gestern ist Sommer, das Gras ist wieder grün, und du bist wieder da, lalala . . .«, zwitschert eine Stimme.

›Prächtig, prächtig. Die lassen sich ja ständig was Neues einfallen!‹ Yvonne schmiert sich lustlos eines der Brötchen, die sie vorhin vom Bäcker geholt hat. ›Misttag!‹ Dabei hatte sie sich so auf ein gemütliches Frühstück gefreut, danach vielleicht wieder ins Bett und schmusen. Oder aber ein Spaziergang zusammen mit Felix im Stadtwald . . . Sie blickt verträumt nach draußen.

›Ob Björn direkt nach Hause gefahren ist? Schon möglich. Und wenn ich bei ihm anrufe? – Nein, ich lasse ihm etwas Zeit.‹

Sie schlägt die Zeitung auf. Doch es hat keinen Zweck. Sie kann sich jetzt nicht konzentrieren. So etwas ist ihr bisher auch noch nicht passiert! Rennt der weg, ohne zu sagen, warum! Ob er bereut, was gestern abend geschehen war? Susanne hatte mal von einer solchen Reaktion erzählt. Der Typ war spurlos verschwunden.

»Nicht mit mir!« Yvonne spürt, wie sie wütend wird. So leicht läßt sie sich nicht abschieben! Sie ist doch keine Schmusepuppe, die man in der Ecke verstauben läßt, wenn sie einem nicht mehr gefällt! Abrupt steht sie auf, geht ins Wohnzimmer zum Telefon. Als sie wählt, zittern ihre Finger – in ihr wächst die Angst, daß es das letzte Telefonat mit Björn sein könnte.

4

›Yvonne hätte ihm davon erzählen müssen! Warum hatte sie ihm das alles nicht gesagt?‹

Björn inhaliert den Zigarettenqualm, hält ihn kurz an und läßt ihn allmählich wieder durch den Mund hinausströmen. Er hatte ihr den Unfall geschildert, das Datum genannt, die Kreuzung, die Automarke, und sie hatte nur den Kopf gesenkt und gesagt: »Mein Gott, ist das schrecklich! Mir ist so etwas auch einmal passiert, da war ich auch in einen schlimmen Unfall verwickelt . . .« Mehr war nicht aus ihr rauszubringen, dann hatte sie geschwiegen, und er hatte nicht nachgehakt, war zu sehr in seine eigenen Gedanken vertieft gewesen. Dabei war es möglicherweise ein und derselbe Unfall, über den sie geredet hatten. Warum hatte sie also nichts gesagt? Keine Parallelen gezogen? Wenn Peter wirklich der Täter gewesen war, wollte sie ihn dann auch jetzt noch schützen? Nach dem, was er ihr alles angetan hatte? Liebte sie ihn vielleicht noch so sehr? Dann hatte sie ihm also alles bewußt verschwiegen.

Natürlich wußte sie Bescheid! All diese Indizien können doch kein Zufall sein!

›Vielleicht wollte sie am Anfang unserer Beziehung nicht schon wieder alles kaputtmachen, indem sie ihre zaghaften Annäherungsversuche mit einer solchen Ungeheuerlichkeit belastete.‹ Björns Gedanken überschlagen sich. Aber irgendwann hätte er ja doch alles erfahren! Warum also ihr Schweigen? Das mußte einfach einen tieferen Grund haben!

Vielleicht ist sie ja auch eine ganz Ausgekochte. Immerhin hatte sie – wenn sie wirklich die Beifahrerin gewesen war – eiskalt Fahrerflucht begangen und Annette auf dem Gewissen!

Das Ganze wäre ja auch nie herausgekommen, wenn er nicht zufällig das Foto entdeckt hätte! Mist! Wem konnte man überhaupt noch vertrauen? Selbst die, die einem wichtig waren, alles Lügner! Deprimiert lehnt sich Björn an eine Hauswand. Dabei hatten Yvonne und er sich doch gut verstanden, über alles miteinander sprechen können . . . Hatte sie ihn wirklich bewußt getäuscht? Oder hatte sie vielleicht einfach noch nicht genug Vertrauen, um ihm von ihrer Vergangenheit zu erzählen? Warum hatte sie so plötzlich geschwiegen?

Die Frage läßt ihn nicht los, quält ihn immer drängender. Er fühlt sich bleischwer. Warum das alles nach der ungezwungenen Leichtigkeit der letzten Tage?

Die Sonne scheint grell zwischen zwei Regenwolken hindurch, blendet ihn. Mit zusammengekniffenen Augen sieht Björn die Straße vor sich liegen. – Menschen, Autos in atemloser Hast. Sein Körper ist leer, ausgetrocknet, kraftlos.

War es richtig, daß er so überstürzt abgehauen war, ohne etwas zu sagen?

Aber sie hätte dir doch vorher alles erzählen müssen!

›Wenn sie wirklich dabeigewesen war. Wie hätte sie sonst schweigen können?‹

Immer wieder geht ihm all das durch den Kopf.

Er stößt sich von der Hauswand ab, trabt den Fußweg entlang. An einer mit alten Zeitungen und Schnapsflaschen verdreckten Bushaltestelle liest er den Stationsnamen: Isarstraße. Noch nie gehört. Trotzdem geht er die Straße weiter und hofft, gleich an eine Stelle zu kommen, wo er sich wieder auskennt. Doch wie kann man in diesem Chaos klarkommen? Lärm, Gestank, Aggressivität, abgasverpestete Luft schlagen ihm von überall her entgegen. Nichts ist stärker als chrompolierte Stoßstangen.

Könnten die Leute nicht wenigstens am Wochenende ihre Blechkarossen in der Garage stehen lassen? Einfach mal wieder die Füße bewegen! Aber die meisten würden vermutlich wegen der ungewohnten Bewegung schon zweihundert Meter vom Haus entfernt mit Kreislaufkollaps zusammensacken.

Nein, dann doch lieber dicke Schwaden von giftigen Auspuffabgasen auf die Straße pusten, spielende Kinder gefährden, ja: Menschen töten! Björn ballt die Faust in der Tasche. Wie Peter, der auf dem Foto.

Er ist ein Mörder! Er hat Annette umgebracht!

Aber das Foto ist kein Beweisstück!

Warum eigentlich nicht? Es muß sein Auto gewesen sein – die Marke – die Farbe! Wer soll sonst darin gesessen haben, bei der Besitzerpose?

»Irgendwer eben, er könnte das Auto ja auch verliehen haben.«

Doch Björn weiß, daß das sehr unwahrscheinlich klingt. Dann hätte Peter sich sicherlich freiwillig bei der Polizei gemeldet, um den Verdacht erst gar nicht auf sich zu lenken.

Die Straßenecken sind so eintönig gleich, kaum eine farbenfrohe Fassade, wenig Grün – aber das Fahrradgeschäft hinten an der Ecke, neben dem türkischen

Gemüsehändler, das kommt ihm bekannt vor. Letzten Mittwoch hatte er sich dort doch Flickzeug für sein Fahrrad geholt . . . Sein Fahrrad! Das stand noch vor Yvonnes Haus, glücklicherweise abgeschlossen. Einen Moment hält Björn im Schritt inne und beschließt dann aber, es später zu holen.

Dicke schwarze Regenwolken hängen über der Stadt. Fünf Minuten noch, dann ist er zu Hause . . . Bestimmt hat Yvonne schon versucht, bei ihm anzurufen. Soll sie doch! Vorerst wird er nicht rangehen.

Die Wohnungstür knarrt, als er sie öffnet, dann Stille.

Wilfried scheint nicht da zu sein. Durch den kleinen Flur geht Björn in die Küche, wirft seine Jacke auf den alten Stuhl mit dem schäbigen, verschlissenen Polster und öffnet den Kühlschrank. Gähnende Leere, nur ein paar Flaschen Bier liegen auf dem untersten Gitter. Er zögert, ein bißchen früh dafür.

Egal!

Björn greift sich eine Flasche und köpft sie am Küchentisch. Gut, daß er erst mal zu Hause ist. Hier kommt ihm das alles wie einer dieser miesen Träume vor.

Das Knurren seines Magens erinnert ihn daran, daß er noch nicht einmal gefrühstückt hat. Ein Stück trockenes Brot und ein Klumpen weicher Butter ist alles, was der Küchenschrank noch zu bieten hat.

Als er das Brotmesser aus der Schublade zieht, klingelt das Telefon im Flur. Yvonne?

›Nicht rangehen‹, schießt es ihm durch den Kopf. ›Ich kann jetzt nicht mit ihr reden.‹ Aber ihm ist nicht ganz wohl bei diesem Gedanken. Vorsichtig, so als könne Yvonne hören, daß sich jemand nähert, geht er zum Telefon, legt die Hand auf den Hörer und hebt dann doch nicht ab.

Sicherlich hat sie gesehen, daß er einige Fotos wieder in die Schublade sortiert hatte. Vielleicht hatte sie dabei bemerkt, daß eins fehlte.

Ob sie jetzt wütend ist? Oder vielleicht verunsichert? Fürchtet sie, daß er ihr Geheimnis entdeckt hat?

Eigentlich kann ihm das egal sein.

Trotzdem, er würde jetzt gerne wissen, was in ihr vorgeht.

Björn zieht die Aufnahme aus seiner Hosentasche.

Hatte er diesen Mann nicht auch auf Annettes Beerdigung gesehen?

Eigentlich sieht er auf den ersten Blick ganz sympathisch aus. Nur diese Besitzerpose vor dem Wagen, die ist völlig daneben!

Kaum zu glauben, daß dieser Typ den Unfall verursacht und sich aus dem Staub gemacht haben soll. Der sieht irgendwie gar nicht so aus, als würde er wie ein Irrer durch die Stadt heizen, doch wer sieht schon so aus? Aber nach dem, was Yvonne ihm über Peters Abgang erzählt hatte, war dem alles zuzutrauen – Verantwortungslosigkeit total!

Aber wie soll er das alles beweisen? War es doch nur eine Täuschung? Spielte ihm seine Einbildungskraft nur einen Streich? Wollte er sich nur selbst damit bestrafen, daß er Peter und Yvonne mit dem Tod von Annette in Verbindung brachte? Das wäre doch auch möglich. Vielleicht hatte Peter das Auto vor dem Unfall verkauft, und jemand anderes saß darin. Aber warum war er dann auf der Beerdigung gewesen?

Langsam macht sich in ihm nur noch Verwirrung breit. Er braucht endlich Gewißheit! Vielleicht sah der Mann auf der Beerdigung auch nur so ähnlich aus. Immerhin ist es fast zwei Jahre her, daß er ihn gesehen hat, und das auch nur für wenige Augenblicke.

Er war's bestimmt. Yvonnes Ex-Freund. Er saß am Steuer des Unfallwagens und Yvonne daneben. Sie haben Annette auf dem Gewissen, und du hast mit ihr . . .

»O Gott!«

Im Flur erstirbt das Telefonklingeln. Yvonne ade. Das wäre geschafft! Aber hatte er sich richtig verhalten? Vielleicht hätte sie ihm alles erklären können. Ja, warum hatte er nicht abgehoben? Den Mut, sich jetzt bei ihr zu melden, hat er jedoch nicht ...

Auf dem Küchenstuhl sitzend, starrt Björn nach draußen. Die Kastanie vor dem Fenster ist fast blattlos. Kahles Gerippe vor trübem Himmel. Es geht auf den Winter zu.

Er muß das alles noch einmal im Tagebuch nachlesen. Möglicherweise hatte er damals irgend etwas notiert, was ihm im Laufe der Zeit entfallen war, irgendwas Wichtiges.

Björn steht auf. Im Flur nimmt er den Telefonhörer von der Gabel und legt ihn daneben. Dann geht er in sein Zimmer.

Annette lacht ihm aus seinem Tagebuch entgegen, gleich auf der ersten Seite. Es ist knapp zwei Jahre her, daß er die Aufnahme eingeklebt hat – direkt nach dem Unfall. Nachdenklich betrachtet er ihr Gesicht, ihre großen braunen Augen mit den schmalen Augenbrauen, die kleine Stupsnase, den kräftigen Mund. Ihr blondes Haar fällt lang über die schmalen Schultern. Sie ist schön und jung. Nein, sie war – war schön und jung, neunzehn Jahre erst. Jetzt ist sie tot.

Er hatte sie in der elften Klasse kennengelernt, als er auf die neue Schule in der Nähe von S. gewechselt hatte, um sein Abitur zu machen.

Annette war ihm erst im Laufe des Schuljahres aufgefallen. Sie ging damals mit einem Klassenkameraden. Trotzdem hatte er sich in sie verliebt, sie wochenlang in den Pausen beobachtet, ohne ein Wort mit ihr zu sprechen. Wenn sie es bemerkte, wandte er sein Gesicht ab, hatte Angst, sie würde ihn auslachen. Er kam sich so unscheinbar und viel zu schweigsam vor.

Doch eines Nachmittags stand sie überraschend vor seiner Haustür. Er hatte sie sekundenlang angestarrt, kein Wort herausgebracht. Nicht mal ein Hallo.

Sie schien ihn nachdenklich zu betrachten. Dann sagte sie: »Schön, daß du zu Hause bist.«

»Hm.«

»Ich wollte dich einfach näher kennenlernen. Hast du Zeit und Lust zu einem Plauderstündchen?«

Er war total von den Socken gewesen. So etwas war ihm noch nie passiert! Entsetzt hatte er an das

Chaos in seinem Zimmer gedacht. Überall lagen Blätter mit selbstverfaßten Gedichten herum, und auch an der Wand hingen einige besonders gut gelungene. Doch er konnte sie schließlich nicht vor der Tür stehen lassen. Im Wohnzimmer saß seine Mutter und las, das heißt, sie hatte sicherlich das Buch zur Seite gelegt und lauschte.

Es war das erstemal, seitdem er neu in der Schule war, daß ihn eine Schulkameradin besuchte, und das, ohne daß er sie beim Mittagessen angekündigt hatte. Verdächtig, verdächtig.

Aufgeregt war er vor Annette die Treppe hinaufgelaufen, hatte seine Zimmertür aufgestoßen, irgendeine Entschuldigung gemurmelt und mit hastigen Bewegungen die Zettel mit den Gedichten zusammengeschoben. Er wollte sie unter das Bett befördern, doch Annette kam ihm zuvor.

»Für die Unordnung brauchst du dich nun wirklich nicht zu entschuldigen. Laß doch einfach alles liegen. Ich finde schon einen Platz«, sagte sie und setzte sich gleich auf den Boden. Und auf einmal war alles ganz selbstverständlich. Sie unterhielten sich wie alte Freunde.

Erst einige Stunden später ging sie wieder nach Hause.

»Es war schön bei dir«, sagte sie, als er sie zur Tür brachte. »Bis bald, Björn.«

Er schwebte den ganzen Abend auf Wolken. Das Mädchen, in das er verliebt war, interessierte sich für ihn! In der Nacht konnte er lange nicht einschlafen.

Am nächsten Nachmittag stand sie wieder vor der Tür, eine Bäckertüte in der Hand. Sie grinste. »Ich hab Kuchen mitgebracht. Machst du uns einen Tee?«

Draußen fährt ein Auto mit quietschenden Reifen an. Björn schaut erschrocken von Annettes Foto hoch. Ziellos wandert sein Blick durch das kleine Zimmer, fällt auf die gegenüberliegende Wand. Graue Rauhfasertapete mit Löchern, wo früher die Bilder des Vormieters gehangen hatten. Jetzt ist die Wand fast kahl bis auf das Poster vom vorletzten *Prince*-Konzert und die Fotos, die er während seines Zivildienstes geschossen hatte. Ziemlich verwahrlost das Ganze.

Annette hätte sicher gelacht und wäre am nächsten Tag mit einem Pott Farbe angekommen . . . Ja, das wäre nicht schlecht. Zusammen mit jemand anderem würde das Renovieren sicherlich Spaß machen. Er angelt mit dem Fuß nach seinem Tabakpäckchen.

Nach diesen zwei Besuchen trafen Annette und Björn sich fast täglich. Mit ihrem Freund hatte Annette ungefähr drei Wochen nach ihrem ersten Treffen Schluß gemacht und leichthin erklärt: »Wir paßten einfach nicht zusammen.«

Eine wunderbare Nachricht. Andererseits hatte er auch ein wenig Angst gehabt. Noch nie war er länger mit einer Frau zusammengewesen. Außerdem, wer wußte, ob nicht auch er sie schon nach kurzer Zeit langweilte? Sie war so selbstbewußt, ließ sich nichts gefallen, und er war ein Feigling, schwieg lieber, bevor es Streit gab, zog den Schwanz ein und kuschte ...

Björn blättert Seite für Seite weiter, stößt schließlich auf ein Datum, dick geschrieben und mit rotem Stift umrahmt: 21. März. Das war der Tag gewesen, an dem sie entschieden hatten, daß sie jetzt miteinander gingen.

Er erinnert sich noch genau. Das Wetter war frühlingshaft gewesen damals. Die Sonne schien so warm wie im Mai, und sie liefen in der Schule schon in luftigen Sommerklamotten herum. Annette trug einen weiten indischen Rock mit Pailletten und dazu ein blaues Sonnen-Top.

In der Pause hatten sie in der warmen Sonne gestanden, geraucht und dann spontan beschlossen, die nächste Stunde blau zu machen.

Hand in Hand liefen sie los. Ganz in der Nähe floß ein Bach, an dessen Ufer man auf einem Deich spazierengehen konnte. Ein sanfter Wind strich durch die Pappeln. Sie trugen noch kein Laub, doch im Gras streckten vereinzelt Buschwindröschen und Veilchen ihre Blüten der Sonne entgegen. Richtig romantisch war das, ja, wenn man's erzählte, schon fast kitschig. Doch genau so war es gewesen . . .

»Schön still hier.« Annette schien glücklich zu sein. »Solche Morgenspaziergänge sollte man öfter machen. Am Nachmittag ist es hier bestimmt voll von Joggern und Radfahrern.«

Nach einer Weile überquerten sie den Bach auf einer wackligen Holzbrücke und gelangten zu einem Acker, dessen Krume mit frischen dünnen Halmen bedeckt war. Sie liefen am Rand des Feldes entlang und stießen kurz darauf auf einen anderen Bachlauf.

»Hier möchte ich bleiben!« Annette zog ihn zu sich ins Gras und schlang vorsichtig ihre Arme um seine Hüften. Ihre Augen lachten ihm zu, zärtlich fuhr sie ihm mit den Fingern über das Gesicht, näherte ihre Lippen seinem Mund.

Sein Körper vibrierte. Es war, als wenn ein Pfropfen aus ihm herausgezogen würde und sich der ganze innere Druck mit einem Puff in nichts auflöste.

Schon Tage vorher hatte er immer wieder überlegt, wie er es wohl mit dem ersten Kuß anstellen könnte. Nun hatte sie die Initiative ergriffen. So einfach ging das!

Annette hatte sich zurückgelehnt, das Gesicht zur Sonne gewandt und genoß seine streichelnden Finger, die nun mutig zuerst auf ihrem Sonnen-Top um ihre Brust kreisten, dann auf ihre nackte Haut schlüpften und ihre Brustwarzen streichelten. Sie wurden groß und hart. Annette stöhnte immer lustvoller und zog ihn an sich.

Er hätte sie gern am ganzen Körper gestreichelt, seine Hand raffte ihren Rock, doch dann verließ ihn wieder der Mut . . .

Plötzlich knackten Zweige in ihrer unmittelbaren Nähe. Erschreckt fuhr er hoch. Auch Annette war im Nu auf den Beinen, stopfte ihr Shirt wieder in den Rock. Und dann lachten sie beide lauthals. Eine Kuh glotzte sie interessiert durch das Gebüsch an.

Björn muß noch in der Erinnerung grinsen. Was hatte er damals für eine Angst gehabt! Er hatte befürchtet, daß ihnen irgend jemand unauffällig gefolgt war. Mensch, wäre das peinlich gewesen!

Nun, immerhin hatte die Kuh sie erfolgreich unterbrochen. Sie waren langsam zur Schule zurückgeschlendert.

Björn richtet sich auf und blickt aus dem Fenster. Noch immer ist der Himmel bedeckt. Ihn fröstelt. Die Zeit mit Annette war so schön gewesen. Alles lag vor ihnen. Und dann – vorbei. Ihr plötzlicher Tod! Wie einsam, wie verwirrt war er damals gewesen, ganz in sich zurückgezogen.

Und dann hatte er Yvonne getroffen . . . Ein kleines Stück Hoffnung. Vielleicht . . . Und nun war wieder alles zerstört, war da dieses Foto, das alles in ihm wieder aufriß.

Resigniert legt Björn das Tagebuch zur Seite, starrt eine Weile an die Decke, versucht den Schmerz zu verdrängen. Dann fällt ihm wieder ein, warum er überhaupt nach dem Buch gegriffen hatte. Die Zeugenaussage.

Hastig blättert er in der Kladde herum und wundert sich, daß er damals unzählige Seiten mit seinen

Gedanken füllen konnte. Heute reizt es ihn nicht mehr im mindesten, seine Erlebnisse aufzuschreiben oder irgend etwas über Yvonne. Das war vorbei ... Gedankensalat für die Schublade.

Halt! Da hatte er beschrieben, was geschehen war, und – er blättert einige Seiten weiter – hier stand, was die Zeugin ausgesagt hatte. Ja, es war ein Mann mit dunkelblonden Haaren gewesen, der eine schwarze Lederkluft trug und eine rote Baseballmütze. Und die Beschreibung der Frau? Kein Wort davon. Ein bißchen mager ... Aber kein Wunder. Er hatte es damals vermieden, weitere Informationen zu bekommen. Das hätte alles nur verschlimmert, und möglicherweise hätte er versucht, diesen wahnsinnigen Typen, der Annette umgebracht hatte, aufzuspüren. Was dann geschehen wäre, wollte er sich lieber nicht ausmalen. Aber war Peter wirklich der Unfallfahrer, war das Auto tatsächlich der Unfallwagen? Oder hatte er Yvonne vielleicht Unrecht getan? Ihre und seine Gefühle ganz umsonst auf die Probe gestellt?

Björn ist ratlos. Wer könnte Genaueres über den Unfallhergang und die Insassen des Autos wissen? Die Adresse der Zeugin hatte er nicht. Annettes Eltern! Das wäre eine Möglichkeit.

Er läßt sich zurückfallen, schließt die Augen. Konnte er sie jetzt noch fragen, was die Polizei damals sonst noch herausbekommen hatte? Zwei Jahre nach Annettes Tod?

Seitdem er damals von S. weggezogen war, hatte er Annettes Eltern nicht mehr besucht. Warum eigentlich nicht? Sie war schließlich seine Freundin gewesen, und er hatte sich mit ihnen eigentlich immer gut verstanden.

Müde richtet Björn sich auf, blickt im Zimmer umher. Er muß es endlich wissen: Wer saß im Auto?

Als er aufsteht, ist ihm schwindlig. Kein Wunder. Sein Frühstück bestand im wesentlichen aus Bier und Zigaretten.

In der Küche kramt er sein Portemonnaie heraus und zählt seine Barschaft. Dürftig, aber ausreichend bis Montag, vorausgesetzt, Wilfried kaufte gerade Lebensmittel ein. Wenn er übers Wochenende bei seiner Freundin blieb, dann war hier Diät angesagt . . .

Mit leisem Klacken fällt die Wohnungstür hinter Björn ins Schloß.

5

Bestimmt eine Minute hat sie es schon bei Björn klingeln lassen, doch niemand geht ans Telefon. Nicht einmal sein Mitbewohner, dieser Wilfried.

Yvonne läßt den Hörer auf die Gabel sinken und starrt niedergeschlagen auf den kleinen Zettel mit Björns Telefonnummer. Ungewohnt laut tickt der Wecker aus dem Schlafzimmer herüber, teilt die Zeit des Wartens in gleichmäßige Abschnitte, zerhackt die Stunden in Minuten, in Sekunden.

Björn ist nicht zu Hause, oder er weigert sich, ans Telefon zu gehen, ahnt vielleicht, daß sie es ist, die anzurufen versucht. Keine Sprechstunde ...

Enttäuscht und traurig räumt sie das Geschirr in die Spüle. Das unbenutzte, für Björn aufgedeckte, kommt zurück in den Schrank.

Eine knappe Woche ist es her, daß sie sich das erste Mal begegnet sind – dank Felix. Wenn er nicht weggelaufen wäre, hätte sie Björn nie kennengelernt – und würde jetzt nicht seit über einer Stunde unglücklich vor dem Telefon sitzen.

Das erste Treffen war merkwürdig gewesen. Björn hatte ihr gleich gefallen. Er war genau der

Typ, für den sie schon immer schwärmte. Kräftig gebaut, aber nicht zu muskulös, mit kurzen, dunklen Haaren, blauen Augen und sympathischem Lächeln ... Nur seine Schweigsamkeit hatte sie verblüfft. Er hatte kaum etwas gesagt, dafür hatten seine Augen unentwegt zu ihr gesprochen, Gefallen ausgedrückt. Es war etwas Warmes in seinem Blick gewesen, etwas, das auch Felix gespürt haben mußte, denn er hatte gleich zurückgelächelt, als Björn sich zu ihm hinunterbeugte.

Sie hatte abends noch lange über diesen netten, hübschen Schweiger nachgedacht. Gestern war ihr dieses Wort zum ersten Mal in seiner Gegenwart herausgerutscht. Ob ihn das geärgert hatte? Hatte sie ihn damit lächerlich gemacht? Immerhin ist sie fünf Jahre älter als er, fünf Jahre, die sie bisher kaum gespürt hat, die ihm aber vielleicht zu schaffen machen ... Er hatte gelächelt. Aus Unsicherheit? Spöttisch?

Sie versucht, sich an sein Lächeln zu erinnern, es in ihr Gedächtnis zurückzurufen – Fehlanzeige! Selbst seine Augen scheinen ihr in der Vorstellung unerreichbar.

»Du Schweiger.«

Sie hatte das Wort lieb gemeint ... Ob er heute

morgen daran gedacht hatte, bevor er Hals über Kopf die Wohnung verließ?

Nachdenklich stützt Yvonne ihr Kinn auf die Hände. »Möglich, aber das war doch kein Grund zur Flucht! Außerdem müßte Björn doch spüren, daß sie ihn gerne mag, lieb hat . . .«

Zwei Jahre hatte sie nach jemandem gesucht, der Felix und ihr Wärme und Kraft geben konnte. Sogar geträumt hatte sie des öfteren davon und war am Morgen erwartungsvoll aufgewacht. Doch der Platz neben ihr war leer . . .

Sicher, sie hatte Felix, sie liebte den Kleinen.

Dann kam Björn, erst zweiundzwanzig Jahre alt, viel zu jung für sie, auch wenn er älter wirkt.

Ja, bei ihr ist es mehr, nicht nur die Befriedigung sexueller Wünsche. Aber was ist es für ihn? Nur ein Abenteuer? Der Gedanke erschreckt sie. Einmal eine Frau flachlegen, die schon ein paar Jahre älter ist, und dann die Fliege machen? Was weiß sie schon von ihm? Daß er gut aussieht. Daß er schöne Augen hat. Den Namen, die Telefonnummer, die Adresse? Nicht einmal die. Sie kramt in ihrem Gedächtnis, doch sie kann sich nicht erinnern.

Rasch steht sie auf, sucht nach dem Telefonbuch, blättert hastig nach seinem Namen. Fehlanzeige. Es gibt keinen Björn Gärtner in B. Wahrscheinlich läuft das Telefon unter dem Namen seines Mitbewohners. Wenn doch endlich jemand abheben würde! Irgend etwas stimmt da doch nicht!

Sie war blind gewesen in den letzten Tagen, nicht ganz bei Verstand, sonst hätte sie sich anders verhalten, ihn zumindest nach seiner Adresse gefragt! War die Erfahrung mit Peter nicht schlimm genug gewesen? Mußte es noch dicker kommen, damit sie endlich begriff?

Ist Björn der Typ, der eine Frau nach einer Nacht sitzenläßt? Nein, sonst hätte er ihr nicht erzählt, welche Schwierigkeiten er nach diesem schrecklichen Unfall seiner Freundin mit Frauen gehabt hatte, die er nett fand.

Bei ihr war er auch nicht gerade zielstrebig gewesen, nicht berechnend und abgeklärt, eher schüchtern. Deshalb war sie auch sehr vorsichtig gewesen, hatte abgewartet, ihn zu nichts gedrängt. Außerdem – auch sie hatte schlimme Erfahrungen gemacht. War sie gestern abend einfach zu weit gegangen?

Erneut geht sie zur Kommode, zieht die Schublade mit den Fotos heraus und betrachtet sie genau. Doch keines gibt ihr einen Hinweis, einen Schlüssel zu

Björns rätselhaftem Verhalten. Mit jeder Aufnahme, die sie zurücklegt, wächst das leere, dumpfe Gefühl in ihr. Dann schiebt sie die Schublade wieder zu, geht ins Schlafzimmer und läßt sich dort aufs Bett fallen. Das Kissen riecht nach ihm – schön und schmerzlich zugleich. In ihrem Unterleib zieht sich etwas heftig zusammen, gleichzeitig fühlt sie Tränen in sich aufsteigen.

»Nein, so nicht!« Mit einem Ruck richtet Yvonne sich auf und springt aus dem Bett. In die Kissen flennen, das war früher!

Sie läuft hinüber zum Telefon und wählt eine Nummer.

»Ulrike? Ja, ich bin's. Hast du Zeit? – Können Felix und ich bei dir vorbeikommen? Ich brauch einfach jemanden zum Reden. – Toll. Sag mal, könnte Felix auch eine Nacht bei dir bleiben? – O. k. Ich bin in einer Viertelstunde bei dir.«

Gut, daß es Ulrike gibt! Yvonne läuft zum Kleiderschrank, streift sich das T-Shirt über den Kopf und steht nackt vor dem Spiegel. Einen Moment verharrt sie, freut sich an ihrem Körper, dem langen blonden Haar, das gut zu ihren weichen Gesichtszügen paßt. Sie gefällt sich. Nur ihr Becken ist seit der Schwangerschaft ein wenig breit. Dafür hatte sie den

Babyspeck im Nu wegbekommen. Kein Wunder, nach der Geburt von Felix hatte sie kaum etwas essen können.

Eilig sucht sie sich frische Sachen aus dem Schrank, läuft dann zu Felix hinüber, der friedlich mit den Bausteinen spielt. Einen hohen Turm hat er aufgeschichtet, um ihn gleich darauf wieder umzustoßen. Rumms, macht es, und die Steine wirbeln durch das Zimmer. Erstaunt blickt der Kleine seine Mutter an, als sie mit der Jacke hereinkommt.

»Wir gehen zu Ulrike.« Yvonne lächelt. »Du wirst dort für kurze Zeit bleiben, o. k.?«

»Ricke.« Der Kleine nickt zustimmend.

»Schön, dann wollen wir mal!« Sie läuft mit ihm die Treppe hinunter, tritt auf die Straße. Der Verkehr ist abgeebbt, die Geschäfte sind geschlossen. Auch im nahen Supermarkt ist jetzt Feierabend. Sie biegt in die Isarstraße ein, läuft an den mehrgeschossigen Mietskasernen vorbei bis zur Reihenhaussiedlung. Als Yvonne klingelt, ist Ulrike sofort an der Tür. »Hallo, ihr beiden! Hereinspaziert.«

»Hallo. Schön, daß du so kurzfristig auf Felix aufpassen kannst. Ich hol ihn auch so schnell wie möglich wieder ab.«

»Ach, laß nur. Für ein paar Stunden spiele ich

gerne Ersatzmutter. Aber nun sag schon, was los ist! Ist dir die Wohnung gekündigt worden, oder was ist passiert?«

»Björn ist weg.«

»Ist das der Typ, der immer auf Felix aufgepaßt hat?«

»Ja.«

Ulrike blickt sie überrascht an. »Du hast aber auch wirklich kein Glück mit den Männern.«

6

Der Zug rattert geräuschvoll über die alte Bogenbrücke, die B. mit seinen Vororten verbindet. Vorbei an schäbigen Wohnsilos, gardinenbehangenen Fenstern und tristen Balkonen. Ein paar Bäume, kurzgeschorene Rasenflächen, ein Kinderspielplatz, dann Felder.

Björn hat ein leeres Abteil gefunden, klappt den Sessel gegenüber runter und legt seine Füße auf das Polster. Die Gegend draußen interessiert ihn nicht. Von B. nach S. Von der Großstadt in die Provinz – Fahrplanmäßige Fahrzeit: 45 Minuten. An jedem noch so kleinen Bahnhof hält der Zug. Schließlich am Atomkraftwerk, der letzten Bastion der Zivilisation, dann geht's ab in die Wildnis . . . Björn hängt seinen Gedanken nach.

Eine schwüle Mainacht. Das Fenster ist weit geöffnet, süßlich schwer liegt Fliederduft im Zimmer. Stimmengewirr von draußen, ab und an Lachen. Das Straßenfest ist noch in vollem Gange.

Björn und Annette sitzen zusammen auf dem Bett und hören dem Treiben zu.

»Schön war das.« Annette knöpft ihre Bluse auf. Björn nickt und beobachtet sie aus den Augenwinkeln.

»Wenn doch immer Ferien wären. Jeden Tag so lange aufbleiben, wie man will. Am nächsten Morgen ausschlafen, gut frühstücken, spazierengehen und miteinander schmusen.« Sie zieht auch ihr T-Shirt aus, kniet mit nacktem Oberkörper neben ihm. Wie schön Annette ist! Er liebt ihre langen Haare, ihren vollen, schön geformten Busen, einfach alles an ihr.

»Komm.« Sie greift nach seinem Pullover. »Zieh das Ding aus. Es ist sowieso zu warm.«

»Meinst du?«

»Na klar. Oder frierst du?«

Björn richtet sich auf, und Annette zieht ihm den Pullover samt T-Shirt über den Kopf. Er sitzt vor ihr, spürt ihre Hände auf seiner Brust. Es kribbelt am ganzen Körper. Kurz denkt er noch: Wenn jetzt ihre Eltern kommen? Dann denkt er gar nichts mehr, spürt nur noch ihren Körper, ihre Hände auf seinem Körper – überall . . .

Der Schaffner pfeift. Björn schreckt hoch, sieht verwirrt durch das Abteilfenster hinaus. Ein kleiner

Vorortbahnhof. Graue Wände, auf denen bunte Graffiti leuchten. Wie oft ist er hier schon vorbeigefahren! Jeden Morgen stehen die Menschen dicht gedrängt in einer Dunstglocke aus Zigarettenqualm, Rasierwasser und Deo – warten auf die Bahn. Mürrische Gesichter, Männer in Blaumann oder Nadelstreifen, Frauen mit Stöckelschuhen und hochgesteckter Frisur. Noch zwanzig Minuten bis S.

Auch dort ist das Wetter mäßig. Ohne Eile steigt Björn aus dem Zug, steht auf dem schäbigen Bahnhof, einem kleinen Bahnsteig mit einem Wartehäuschen aus wettergegerbtem Holz, davor Gartenbauamtgestrüpp, grün und pflegeleicht.

Gemächlich geht er die Treppe zur Überführung hinauf. Das Geschmier an den Wänden ist auch nicht intelligenter geworden, doch was soll einem in diesem Spießerkaff auch schon Gescheites einfallen?

Oben die Straße führt rechts in den Ort, links geht's zu den »Beschützenden Anstalten Friedewald«. Dort hatte er seinen Zivildienst gemacht. Den »großen Schweiger« hatten sie ihn genannt, aber sie hatten ihn akzeptiert. Am besten hatte er sich mit Rolli-Jochen verstanden. Der konnte richtig zuhören . . . Vielleicht muß man behindert sein, um für so was die nötige Zeit zu haben, und er hatte jemanden gebraucht, der zuhörte, der den Ärger über seine Eltern, die Klassenkameraden, über dieses Spießerkaff verstand. Nächtelang hatten sie in seinem oder Jochens Zimmer gesessen, sich unterhalten und dabei auch einiges gebechert . . .

Eigentlich müßte er ihn mal wieder besuchen, allerdings nicht unbedingt jetzt. Jetzt gilt es festzustellen, ob Yvonnes ehemaliger Freund im Auto gesessen und den tödlichen Unfall verursacht hatte, und ob sie selbst . . . Schnell fegt er den Gedanken aus seinem Kopf – nicht schon wieder dieser Psychoterror!

Etwas forscher läuft Björn nun die Elisabethstraße entlang, nimmt die Umgebung nur aus den Augenwinkeln wahr. Alles ausgestorben hier. Einige Kinder spielen auf dem Fußweg, sonst ist kein Mensch zu sehen. Samstagnachmittag. Da sitzen die meisten in ihren Einfamilienhäusern vor der Glotze oder dem Radio, hören die Bundesligareportagen, danach geht's in die Kneipe. Den Sieg vom 1. FC feiern oder die Enttäuschung über die Niederlage ersäufen. Mehr ist nicht drin in S. an einem Samstag wie diesem. Hier gibt es kaum Freizeitangebote, nur das kollektive Besäufnis. Wie hatte ihn und seine

Freunde das früher angeödet! Das Schützenfest, das Festzelt, die Disco am Freitagabend, das waren die einzigen Sensationen im Jahr, besonders dann, wenn es zu Schlägereien mit den Typen aus dem Nachbarort kam . . . Schon nach fünfhundert Metern widert ihn diese Stadt an.

Hoffentlich läuft bei Annettes Eltern nicht auch Fußball, das könnte er jetzt nicht ertragen. Aber er muß da jetzt hin.

»Ich muß erfahren, ob er es war!«

Björn biegt in die Zwoller Straße ein. Nummer 34! Er ist lange nicht hiergewesen, verändert hat sich nichts.

Sein Herz klopft, als er die Gartenpforte öffnet, den Waschbetonweg an den ordentlich zurechtgestutzten Ziersträuchern vorbei zur Haustür hinaufgeht. Plötzlich fällt ihm ein, daß er bestimmt nach Bier riecht, und das schon am Nachmittag! Schnell noch ein Pfefferminz.

Dreimal kurz klingeln. Das war früher das Signal für Annette. Heute reicht einfaches Klingeln.

Einen Moment zögert Björn, klingelt dann aber doch.

Schritte nähern sich auf dem Flur, die Tür geht auf.

Frau Keller steht vor ihm. »Björn, du?«

Er nickt.

»Mensch, Junge, komm rein. Wir haben dich ja eine Ewigkeit nicht mehr gesehen.«

Auch Herr Keller tritt in den Flur, ruft überrascht: »Hallo, Junge!«, dann schüttelt er Björn mit kräftigem Druck die Hand.

»Hallo.«

»Na, wie geht's denn?«

Björn nickt. »Geht so.« Am liebsten würde er auf dem Absatz kehrtmachen und abhauen.

›Das packst du nie‹, denkt er.

»Komm rein.« Frau Keller läßt ihn eintreten. Jetzt gibt es kein Zurück mehr.

Gott sei Dank, keine Bundesliga. Verlegen schaut Björn sich um. Schon merkwürdig, daß er noch mal hier reinkommt, wo er doch . . . Da! Er sieht schnell zur Seite. Annette blickt ihn von einem Foto an.

Frau Keller steht plötzlich hinter ihm. »Ja, das Bild hängt nun schon fast zwei Jahre da – seit Annette tot ist . . .«

»Hm.«

»Magst du einen Kaffee oder Tee?« versucht Herr Keller die Situation zu überspielen.

»Ja, gerne. Tee, bitte.« Björn räuspert sich. »Hätten Sie vielleicht auch eine Scheibe Brot? Ich habe heute noch nicht viel gegessen.«

»Klar. Ich mach dir was zurecht. Hoffentlich hast du ein wenig Zeit. Du hast sicherlich viel zu erzählen. Wir haben ja so lange nichts mehr voneinander gehört.«

Björn nickt, setzt sich dann in den großen Fernsehsessel, in dem er früher immer gesessen hat. Viel hat sich nicht verändert. Noch immer steht die Ledergarnitur in der Ecke am Fenster, darüber hängen dieselben Bilder, Drucke von bekannten Ölgemälden in dunklen Rahmen. Ein wenig heller als früher wirkt die »gute Stube« trotzdem, ist wohl dem neuen hellgrauen Teppich zu verdanken.

Annette mochte dieses Zimmer nie. »Es ist so altbacken«, hatte sie immer gesagt. Ihm war das damals gar nicht so aufgefallen, schließlich sah es im Wohnzimmer seiner Eltern fast genauso aus. Jetzt allerdings kann er ihr nur zustimmen . . . Es gibt Orte, da verändert sich nichts, unabhängig davon, was draußen in der Welt geschieht. Sein ganzes Leben hatte sich geändert, doch hier war die Zeit stehengeblieben.

Björn schreckt aus seinen Gedanken hoch, als

Frau Keller mit der Teekanne durch die Tür tritt. Auf einem Brett liegen ein paar Brote, dick belegt mit Salami. Er schluckt, früher hatte er Unmengen davon verdrücken können ...

Er ißt hastig, trinkt eine Tasse Tee nach der anderen. Wenn er doch das alles schon hinter sich hätte ...

Währenddessen beantwortet er die üblichen Fragen, die gestellt werden, wenn man sich länger nicht gesehen hat. Er erzählt kurz, was er seit dem Tod von Annette gemacht hat. Soviel Information wie eben nötig, um Annettes Eltern nicht zu enttäuschen. Dann reißt der Gesprächsfaden. Ihm fällt nichts mehr ein.

»Schön, daß du uns wieder mal besuchen kommst.« Frau Keller seufzt. »Das ist fast so, als hätte sich nichts verändert, seitdem Annette ... gestorben ist. Weißt du, oft wandere ich durchs Haus, gehe in ihr Zimmer, und dann denke ich, daß sie da ist, daß sie mir gleich entgegenkommen wird wie früher, lachend, mit einem neuen Sweat-Shirt, das sie mir zeigen will, oder mit einer Freundin, oder mit dir ...«

»Ja, es ist so still geworden hier – ohne sie«, ergänzt Herr Keller mit leiser Stimme. »Wir haben zwar immer noch viel Besuch im Haus, aber die Stille bleibt. Sie ist da, auch dann, wenn gesprochen wird. Es ist uns immer noch nicht möglich, das alles zu vergessen, und sei es nur für ein paar Stunden.«

Björn nickt. »Ich weiß. Ich muß auch immer wieder daran denken, was geschehen ist, und kann es nicht begreifen. Warum gerade Annette? Warum?«

Einen Moment lang herrscht Schweigen, dann gibt sich Björn einen Ruck: »Gestern habe ich zufällig mein Tagebuch von damals gefunden. Ich habe ein wenig darin geblättert und gelesen, und da ist mir die ganze Erinnerung wieder hochgekommen. Als sei das alles erst gestern geschehen. Ich habe den ganzen Tag an nichts anderes mehr denken können. Daß dieser Typ einfach spurlos verschwunden ist! Daß Annette deshalb sterben mußte.

Und dann kam mir der Gedanke, daß vielleicht doch noch, möglicherweise durch einen Zufall, der Täter bekannt geworden ist und ich gar nichts davon weiß . . . Deshalb bin ich hier, weil ich dachte, daß Sie eventuell jetzt den Namen des Fahrers kennen, der im Wagen gesessen hat.«

Stille.

War es sinnvoll gewesen, so unvermittelt damit herauszuplatzen? Hatte er halbwegs verständlich erklärt, was er wollte, ohne zuviel von seiner mißlichen Situation zu verraten?

›Warum erkläre ich es ihnen nicht einfach? Die beiden kennen Yvonne doch gar nicht!‹ Aber sie hatten vielleicht auch kein Verständnis dafür, daß er Annette durch Yvonne ersetzte.

Björn zwingt sich, ruhig zu bleiben, obwohl er die Antwort kaum abwarten kann.

»Der Name des Fahrers?« murmelt Herr Keller. »Das macht Annette auch nicht wieder lebendig.«

»Ich weiß. Doch wenn die Polizei jemanden ausfindig gemacht hat, dann möchte ich es gerne wissen und natürlich auch, ob er wenigstens bestraft worden ist. Vielleicht hilft mir mehr Wissen, das Ganze zu verarbeiten.«

Björn ist unbehaglich zumute, dabei will er doch möglichst ungezwungen wirken. Er spürt, daß sie ihn forschend anblicken, sein Herz pocht heftig. Können sie es hören? Ihm ist heiß. Bestimmt fragen sie sich jetzt, wieso er den Namen wissen will. Warum er zwei Jahre danach, zwei Jahre, in denen sie mühsam versucht haben, mit dem Verlust ihrer

Tochter fertig zu werden, noch einmal alte Wunden aufreißt.

›Nein‹, denkt Björn bestimmt. ›Das, was ich gesagt habe, muß reichen. Ich erzähle nichts von Yvonne . . .‹

»Es hat keine neuen Erkenntnisse gegeben«, unterbricht Herr Keller das Schweigen. »Der Fall ist nach einigen Monaten ergebnislos abgeschlossen worden. Wir haben einen Brief bekommen, einen Vordruck, in dem uns mitgeteilt wurde, daß die Ermittlungen eingestellt worden sind.«

»Hm.« Björn versucht, seine Enttäuschung zu verbergen. »Der Kerl läuft also noch immer frei herum.«

»Ja.« Frau Keller kämpft mit den Tränen.

»Ich möchte nicht unhöflich sein.« Björn gibt nicht auf. »Aber haben Sie noch die Unterlagen von damals, die Zeugenaussage zum Beispiel?«

»Warum willst du sie haben?« Herr Keller sieht ihn fragend an, und als Björn nicht antwortet, sagt er: »Na ja, ich kann ja den ganzen Kram mal holen, wenn es dir hilft.«

Björn nickt dankbar, und Herr Keller steht auf und verläßt das Zimmer.

Kurze Zeit später, Björn kommt es wie eine Ewigkeit vor, tritt er mit einem Aktenordner in den Wohnraum.

»Hier ist sie«, er macht eine Pause, »die Zeugenaussage.«

Björn nimmt das Blatt entgegen, liest die darauf stehenden Worte: »Die Zeugin gibt an, zum Tatzeitpunkt am 29. 9. um 18.03 Uhr am Fußgängerüberweg Eichenplatz einen mit zwei Personen besetzten PKW, Typ Opel Ascona, schwarz, keine besonderen Kennzeichen, beobachtet zu haben. Dieser soll mit hoher Geschwindigkeit aus der Luisenstraße auf den Eichenplatz eingebogen sein und das Opfer, ohne zu bremsen, frontal erfaßt haben. Das Opfer sei nach dem Zusammenprall mehrere Meter weit durch die Luft geschleudert worden und dann leblos liegengeblieben. Der PKW-Fahrer, in schwarzer Lederkluft und mit roter Baseballkappe, sei kurz ausgestiegen, um nach dem Unfallopfer zu sehen, habe dann aber die Fahrt mit unverminderter Geschwindigkeit fortgesetzt. Die Zeugin habe – da an den Rollstuhl gefesselt – nicht selber zum Unfallort eilen können, aber umgehend die Polizei und den Notdienst alarmiert. Bei deren Eintreffen hatte das Unfallopfer aber bereits so viel Blut verloren, daß es auf dem Weg ins Krankenhaus verstarb.

Zu den Insassen des Unfallfahrzeugs konnte die Zeugin wegen der Entfernung nur ungenaue Angaben machen. Sie beschrieb das Haar des Fahrers als dunkelblond, das seiner Beifahrerin als auffallend hellblond.«

Wie ein Hammer treffen ihn die letzten Worte. Das Foto. »Dein Peter«. Die schwarze Lederkluft. Eine auffallend blonde Beifahrerin – das konnte nur Yvonne gewesen sein. Yvonne, nein! In seinen Schläfen pocht es, ihm wird schwindlig. Ein stechender Schmerz durchzuckt seinen Körper, lähmt ihn für Sekunden. Das kann doch alles nicht wahr sein!

Doch! Sie saß im Unfallwagen! Sie war dabei, als Annette starb!

Nein! Nein! Nicht Yvonne!

»Ist dir nicht gut?« Annettes Mutter sieht ihn besorgt an.

»Doch, alles o. k.« Björn zwingt sich zu lächeln.

Sie ist schuldig! Sie ist schuldig!

Er kann sich kaum beherrschen. Er muß weg hier, muß allein sein. Tränen schießen ihm in die Augen.

»Tut mir leid. Ich gehe jetzt besser, komme sonst zu spät zu meinen Eltern. Die warten schon auf mich«, lügt er, steht ruckartig von seinem Sessel auf, läuft zur Wohnzimmertür, auf den Flur, hinaus.

NEIN!

7

»Ja, hier ist der Müslimann«, dröhnt eine Stimme durch die Ohrmuschel. »Sie wünschen? Ich habe alles parat – von Grünkern aus biologisch-dynamischem Anbau bis zum Holzarmreifen, bemalt von einer blutjungen, glutäugigen indischen Jungfrau. Wählen Sie, wählen Sie.«

Yvonne schluckt, ist überrascht von dieser schwungvoll vorgetragenen, aber äußerst dämlichen Anrede.

»Hier ist Yvonne. Wohnt Björn bei dir?«

»Ja, er gibt sich die Ehre!«

»Ist er zu sprechen?«

»Björn? Nee, der ist zur Zeit nicht da. Kannst du nicht mit mir vorliebnehmen?«

»Danke, nein.« Yvonnes Stimme klingt nicht begeistert.

»Weißt du, wo ich Björn erreichen kann oder wann er nach Hause kommt?«

»Bist wohl seine neueste Errungenschaft, was?«

»Nenn es, wie du willst.« Ärgerlich beißt sich Yvonne auf die Lippe. Armleuchter! Egal. Sie muß wissen, wo Björn ist.

»Wird wohl in 'ner Kneipe rumhängen«, hört sie Wilfrieds Stimme. »Hat sich heute morgen von meinem Bier zwei Flaschen reingezogen und gibt sich jetzt bestimmt den Rest.«

»Macht er das öfter?« Yvonne versucht ihre Stimme normal klingen zu lassen, obwohl sie diese Aussage ganz schön überrascht.

»Na ja, was heißt öfter? Kann 'ne Menge schlukken, der Junge.«

»Hm. Weißt du wenigstens, wo ich ihn finden kann?«

»Vielleicht im ›Mixmax‹ oder im ›Fly over‹. Wenn er da nicht ist, versuch's im ›Dicken Otto‹.«

»Danke, ich werde da mal reingucken.«

»Vielleicht sehen wir uns ja mal. Du weißt ja: Breitenstraße 37.«

Yvonne drückt den Hörer auf die Gabel. Wirklich ein dämlicher Typ, dieser Wilfried. Vermutlich zugekifft bis zum Hemdkragen. Wie hält Björn das nur mit so 'nem Typen aus? Sie würde dort keine fünf Minuten bleiben. Na ja, immerhin hat sie Björns Anschrift bekommen. Wenigstens etwas.

Sie lehnt sich nachdenklich im Sofa zurück. Ob an dem Gelaber von diesem Wilfried was dran war? Saufen? Hier bei ihr hatte Björn nicht viel getrunken. Ein paar Gläser Wein am ersten Abend, einen Tag später vielleicht zwei, drei Bier. Ganz normal. Aber schon am Morgen zwei Bier? Sie will jetzt endlich wissen, was los ist . . .! Also, erst ins ›Fly over‹.

Plötzlich schreckt sie hoch. Genau das sollte ihr eigentlich nie wieder passieren. Geschworen hatte sie es sich! Den Typen aus der Kneipe zu zerren! Die Bilder sind so frisch, als wäre das gerade erst gestern passiert.

Sie war schwanger geworden. In einer Nacht Anfang Januar. Erst um drei Uhr waren Peter und sie von einer Feier bei Freunden nach Hause gekommen, beide angeheitert vom Wein, aber nicht betrunken. Peter war so zärtlich gewesen wie selten zuvor, und sie hatte große Lust auf seine Nähe verspürt. Nachdem ihre Regel ausgeblieben war, hatte sie sich in der Apotheke einen Schwangerschaftstest besorgt. Das Ergebnis auf dem Teststreifen war eindeutig . . . Jetzt ein Kind?

Ein merkwürdiges Gefühl war das gewesen. Tosend ineinanderstürzende Wolkenkratzer und Sonnenaufgang über einer frühlingsgrünen Wiese. Ein Kind. Du trägst ein Kind in dir! Zwar noch winzig klein, aber schon ein Mensch.

Vorsichtig war sie einige Schritte gegangen, hatte

versucht, eine Veränderung zu bemerken, doch alles, was sie fühlte, war ein wirres Durcheinander in ihrem Kopf – in ihrem Unterleib spürte sie nichts. Wie auch? Ein Kind von Peter. Was würde er dazu sagen? Würde er sich freuen? Er hatte ja noch keine Ahnung! Sie mußte es ihm schonend beibringen; dann würden sie gemeinsam überlegen, wie es weitergehen sollte.

Sie war dann losgelaufen, ohne Ziel, und schließlich war sie in die Innenstadt gelangt. Mütter mit kleinen Kindern begegneten ihr; sie blickte ihnen verstohlen nach. Wie niedlich die waren. Diese weichen Stupsnasen, blitzende, klare Augen, die neugierig auf alles starrten, was sich bewegte, ihre Hände, die unbeholfen und scheinbar ziellos in die Luft griffen, diese lachenden Münder, aus denen kleine Rinnsale von Spucke liefen. Ja, niedlich waren sie, doch war das nicht nur die eine Seite? Die Arbeit, die man mit den Kleinen hatte, das ständige Wickeln, das Geschrei, alles fand hinter geschlossenen Türen statt. Ein Kind kostete viel Kraft . . .

Stundenlang war sie spazierengegangen. Peter hatte erst spät Feierabend. Als er müde und verschwitzt nach Hause kam, hatte sie den Tisch schon festlich gedeckt, etwas Leckeres gekocht. Sie hatte

Kerzen angezündet und einen großen bunten Blumenstrauß auf den Tisch gestellt.

»Nanu!« hatte er erstaunt gerufen, als er durch die Tür trat. »Haben wir im Lotto gewonnen?«

»Fast«, hatte sie geantwortet, ihn zärtlich umarmt und auf ihren Bauch gedeutet. »Da drin wächst was von uns.«

Einen Moment sah er sie verwirrt an, dann begriff er. »Was? Ist das wirklich wahr? Du meinst, wir ... Mann, das ist aber 'ne Überraschung.« Peter ließ sich auf den Stuhl fallen. Irgendwie sah er gar nicht glücklich aus.

»Was ist, Peter? Willst du kein Kind? Sei ehrlich!«

»Ja. Nein. Ich weiß auch nicht! Meinst du, wir schaffen das?« Sein Blick irrte unruhig im Raum umher. Er vermied es, ihr direkt in die Augen zu sehen.

»Klar, das klappt schon!« hatte sie gerufen und fröhlich Zukunftspläne geschmiedet. Sie hatte sich richtig in Fahrt geredet, während er immer stiller wurde. Wenn sie doch schon damals kapiert hätte, was lief. Er wollte das Kind vom ersten Augenblick an nicht!

Erst nach einigen Tagen war ihr klargeworden, daß alles nicht so war, wie sie es sich vorgestellt hatte.

Peter ließ sie immer öfter allein, hörte ihr gar nicht zu, wenn sie über ihr zukünftiges Leben reden wollte. »Ich kann jetzt nicht daran denken«, hatte er gesagt. »Die viele Arbeit den Tag über. Ich bin total ausgepowert.«

Zuerst hatte sie versucht, ihn zu verstehen. Ja, sie hatte ihm geglaubt, aber sie war traurig gewesen. Er sollte sich doch nur mit ihr freuen! Mehr nicht. Aber auch am Wochenende, wenn er genug Zeit hatte, blockte er ab, sah lieber fern, las in einem Buch oder wechselte das Gesprächsthema.

»Willst du das Kind nicht?«

»Ich weiß nicht.«

»Wir müssen darüber reden!«

»Nicht jetzt. Bitte nicht jetzt.« Er verkroch sich in sein Zimmer oder verabredete sich mit irgendwelchen Freunden.

In diesen Situationen dachte sie an Abtreibung. Doch der Gedanke daran flößte ihr Angst ein . . .

Einige Tage später kam die nächste Überraschung. Der Frauenarzt eröffnete ihr, daß es nicht nur ein Kind war, das sie erwartete. Auf dem Ultraschallbild war es genau zu sehen: Zwillinge. Nein, das war zuviel. In Gedanken sah sie sich schon einen Doppelkinderwagen schieben, damit Fußwege und

Geschäftseingänge blockieren. Sie sah Berge von Babywäsche, vollgesabbert und -gekleckert, die sie ganz alleine waschen mußte. Und erst in der Nacht, wenn beide Babys gleichzeitig schrien? Der pure Streß! Andererseits fand sie es faszinierend, zwei Kinder gemeinsam aufwachsen zu sehen. Wenn nur Peter endlich zur Vernunft kommen würde.

Aber es interessierte ihn nicht. Auch das nicht! Er hatte sich seine Jacke übergezogen und war abgehauen. Ohne ein Wort! Erst spät in der Nacht war er betrunken nach Hause gekommen.

Sie hatte nicht mehr gewußt, wie sie ihm begegnen sollte. Nur ihre Freundin Ulrike war für sie da. Sie war die einzige, der sie sich anvertrauen konnte, denn ihre Eltern wohnten weit weg, und am Telefon wollte sie nicht über ihre Probleme sprechen, die Mutter nicht unnötig belasten . . .

»Trenn dich von Peter«, hatte Ulrike gesagt.

»Aber ich erwarte Zwillinge! Und *er* ist der Vater!«

»Na und? Wenn er sich nicht um dich kümmert, nichts von euch wissen will? Du möchtest die Kleinen haben, also trägst du sie aus! Aber mach ja mit Peter Schluß. Zu retten ist da sowieso nichts mehr.«

Das klang so leicht: Mach mit Peter Schluß! Es ging nicht, sie hatte keine Kraft dazu gehabt – bis zu jenem Abend . . . Wie so oft war Peter nach dem Essen gegangen. Sie war allein zurückgeblieben, den Kopf übervoll mit Sorgen und ängstlichen Gedanken an die Zukunft. Jedesmal schmerzte es sie körperlich, wenn er wortlos das Zimmer verließ. Deprimiert war sie durch die Wohnung gelaufen, und als sie in Peters Zimmer kam, hatte sie unter seinem Bett die gepackte Reisetasche entdeckt. Natürlich hatte sie sofort hineingesehen. Zum Vorschein kamen seine Hemden, Unterwäsche, Zahnbürste und Handtücher. In der Seitentasche fand sie sein Sparbuch und wichtige Papiere. Beinahe hätte sie geschrien, sosehr schockierte sie dieser Anblick! Doch sie hatte sich wieder gefangen. Mit zittrigen Fingern hatte sie den Reißverschluß zugezogen, dann war sie in ihr Zimmer gestürzt. Eine Weile saß sie wie betäubt auf ihrem Bett. Sie konnte nicht weinen, keinen klaren Gedanken denken. Peter wollte weg, irgendwann, ohne ein Wort zu sagen!

Verzweifelt hatte sie versucht, bei Ulrike anzurufen, doch niemand nahm ab. Dann hatte sie beschlossen, Peter in seiner Kneipe aufzusuchen. Er saß mit Freunden zusammen und spielte Skat. »Was willst du hier?« lallte er gelangweilt, als sie vor ihm stand.

Einen Moment war sie wie erstarrt. War das der Peter, den sie geliebt hatte? Nein! Mit einem Mal spürte sie nur noch Wut. Die ganze Enttäuschung, die sich in ihr angestaut hatte, mußte raus. »Was ich hier will?« hatte sie geschrien. »Ich will mal wieder mit dem Mann, von dem ich zwei Kinder erwarte, sprechen. Das ist ja wohl nicht zuviel verlangt.«

»Komm, beruhige dich«, versuchte sie einer der Typen am Tisch zu besänftigen.

»Warum sollte ich?« sagte sie, und zu Peter gewandt: »Ich möchte, daß du sofort mitkommst. Es gibt einiges zwischen uns zu klären.«

»Nichts gibt es zu klären.« Peter war aufgestanden. »Nichts, hörst du? Also laß mich zufrieden.«

»Ach, und daß ich schwanger bin, das ist nichts, was? Und daß zum Schwangerwerden immer zwei gehören, das ist dir wohl auch völlig neu, he?«

Peter lachte trocken. »Nicht ganz, nein, keineswegs.«

Er krallte sich am Tisch fest, seine Gesichtszüge verzerrten sich. Und dann kam es: »Wer sagt mir denn, daß du nicht mit 'nem anderen Typen gepennt hast? Ich will keine Kinder, und von mir sind sie auch nicht, kapiert?«

Wie versteinert hatte sie dagestanden.

»Mensch, Peter«, hörte sie einen seiner Tischgenossen noch sagen, aber da war sie schon auf dem Weg zur Tür. Noch einmal blickte sie zurück, doch Peter reagierte nicht. Seine Worte schmerzten in ihrem Kopf. Alles war aus – sie war allein mit Zwillingen!

Wie betäubt war sie durch die Straßen geschlichen, hatte hemmungslos geweint. Als sie in ihrer Wohnung ankam, wußte sie, daß sie keine Sekunde länger bleiben konnte. Noch einmal rief sie bei Ulrike an. Die war glücklicherweise wieder da, versprach, sie mit dem Wagen abzuholen. »Du pennst fürs erste bei mir. Alles Weitere wird sich schon finden.«

Bei Ulrike war ihr dann schlecht geworden. Stundenlang mußte sie immer wieder zur Toilette, um sich zu übergeben. Die Brechkrämpfe waren so heftig! Ihr Körper schien mit aller Macht zu versuchen, die Kinder auszuspeien, und irgendwann wollte sie es auch. »Raus! Raus!« hatte sie geschrien. »Ihr seid an allem schuld! Ich will euch nicht mehr!«

Ulrike saß bei ihr, versuchte sie zu beruhigen, zu trösten, hörte ihr zu . . .

Yvonne richtet sich auf. Es ist mittlerweile dämmrig im Zimmer. Der alte Herr von nebenan hört Nachrichten. Laut dröhnt die Stimme des Sprechers durch die Wand, unterstreicht die Stille in ihrer eigenen Wohnung. Kein ruhiges Atmen aus dem Nebenzimmer, wo Felix' Bett steht, kein Björn, der bei ihr sitzt . . .

Sie geht die wenigen Schritte zum Regal, greift nach einer Kerze und steckt sie in den braunen Tonleuchter auf dem kleinen Beistelltisch. Das warme, flackernde Licht wirkt tröstend. Auch ein Schluck Wein ist noch da vom vorigen Abend . . .

Ja, die Zeit danach war grausam gewesen. Von Peter hatte sie nichts mehr gehört. Mehrmals war sie zu ihrer alten Wohnung gegangen, hatte geklingelt, doch niemand hatte geöffnet. Vermutlich war er schon mit einer anderen Frau zusammen. Irgendwer hatte die beiden gesehen, wie sie Arm in Arm durch die Einkaufsstraße gingen . . .

Alles war zerbrochen. Nur Ulrike hatte zu ihr gehalten, den Abtransport der großen Möbelstücke aus der alten Wohnung organisiert, versucht, sie wieder aufzumuntern. Endlos lange hatten sie diskutiert, was nun werden solle. Die Kinder abzutreiben, dafür war es schon zu spät, und eigentlich wollte sie es auch nicht. Nur die Angst vor der Zukunft, dem Alleinsein, war so bedrohlich groß. Als erstes mußte eine Wohnung her, die geräumig genug war für sie und zwei Babys, doch der Wohnungsmarkt war dicht. Niemand wollte eine Wohnung an eine alleinstehende schwangere Frau vermieten.

Schließlich hatte sie doch Glück gehabt! Eine alte Frau verstand ihre Lage. Nach dem Krieg war es ihr fast genauso ergangen.

Dann der Umzug! Aufregung, Unmengen von Dreck, Lärm und Streß, doch irgendwie hatte sie es mit Ulrike und ein paar Freunden geschafft. Wenige Wochen vor dem errechneten Entbindungstermin war alles fertig. Doch dann ... Sie hatte mit einem Mal heftige Krämpfe im Unterleib verspürt. Mit dem Notarztwagen hatte man sie ins Krankenhaus gebracht.

Noch heute spürt sie diese schneidenden Stiche ganz tief im Bauch, wenn sie sich daran erinnert. Diese Stiche, an denen eines ihrer Kinder gestorben war. Es hatte lange gedauert, bis sie wieder klar denken konnte. Erst Tage danach war es ihr wieder bessergegangen. Ulrike war gekommen und hatte neben ihrem Bett gesessen. Das tat gut.

Damals hatte sie sich geschworen, nie wieder einem Mann hinterherzulaufen. Sie würde sich nicht mehr ausnutzen lassen, wollte von nun an ihr eigenes, selbstbestimmtes Leben führen, allein mit Kind, auch wenn das verdammt schwer war . . .

Und Björn? Der sitzt jetzt vielleicht irgendwo und besäuft sich. Warum nur, warum? Sie muß mit ihm sprechen, sie muß erfahren, was heute morgen los war.

8

Klack. Die Gartenpforte fällt scheppernd ins Schloß. Björn atmet tief durch. Das Wiedersehen mit Kellers glich einem schlechten Traum. Alles wie früher, so beklemmend konserviert. Und dann diese Zeugenaussage, die nicht wahr sein durfte! Die Personenbeschreibung, die genau auf den Peter paßte, der auf dem Foto abgebildet war. Die blonde Beifahrerin! Eindeutig! Momente lang sieht er wieder die Eichenkreuzung. Roter Regen prasselt vom Himmel. Er hört wieder Annettes Schrei, sieht wieder alles vor sich, spürt wieder den Schmerz, den er wohl nie vergessen wird.

Das Foto an der Wohnzimmerwand! Annettes sonnengebräuntes Gesicht. Sie lächelt. In Frankreich, in Avignon, war das gewesen. Dort hatte er sie fotografiert. Sie waren mit dem Zug in den Süden gefahren. Der erste gemeinsame Urlaub. In der Nähe der Pont d'Avignon, am Ufer der Rhône, hatten sie einen Zeltplatz gefunden. Höllisch heiß war es an diesem Tag gewesen. Auf dem Campingplatz gab es kaum Schatten. So hatten sie nur schnell ihr Zelt aufgebaut und waren dann in die Stadt gegangen.

In den schmalen, dunklen Gassen war es angenehm kühl, auf den Plätzen konnte man im Schatten der Platanen ausruhen. Sie hatten sich in ein kleines Café direkt an der belebten Hauptstraße gesetzt und Tonic getrunken. Dort hatte er sie fotografiert. Entspannt, voller Lebensfreude hatte sie ihn angelacht . . . Nichts von diesem Tag hatte er vergessen. Sie hatten sich treiben lassen im Gedränge der Menschen, durch Gassen, über schmale Treppen zu Kirchen, dann die Rhône entlang, und waren erst spät zurückgekehrt, erschöpft, mit einer Flasche Rotwein, Baguette und Käse.

Vor dem Zelt sitzend hatten sie ihre Einkäufe genossen. Der Abend war mild gewesen, sie hatten sich beide wundervoll gefühlt, hatten sich geküßt und gestreichelt. Schließlich waren sie ins Zelt geschlüpft. Er war mit den Fingern über ihre Arme und ihre Hüften gefahren, hatte zärtlich ihre Brustwarzen gestreichelt. Als Annette seine Hand in ihre Hose schob, hatte er einen Moment gezögert. War das jetzt der richtige Augenblick? Wollte er das alles wirklich?

Sie bemerkte seine Unsicherheit sofort und lächelte: »Ich nehme die Pille, und Kondome habe ich auch dabei.«

Anscheinend hatte sie keine Angst vor dem ersten Mal, und eigentlich hatte er ja auch große Lust, mit Annette zu schlafen, sie ganz zu spüren. Weiter dachte er nicht nach, bemerkte, daß Annette am Reißverschluß seiner Jeans nestelte, half ihr mit zittrigen Fingern. Sie streichelte vorsichtig seinen Penis durch die Unterhose und fuhr über die Spermaspritzer im Stoff. Ihr Streicheln tat so gut! Zaghaft tasteten seine Finger über ihren Körper, schlüpften in ihre Unterhose; es war feucht und warm. Annette stöhnte, ließ sich zurückfallen, und dann hatten sie das erste Mal miteinander geschlafen . . .

Annette – die Zeit ist zerbrochen seit jenem 29. 9. vor zwei Jahren! Er versucht, ihr Bild aus seinen Gedanken zu zerren, weiß: Es ist vorbei, weiß um die Gefahr ihrer lachenden Augen. Doch es ist, als sei ihr Bild, ihr Lachen in ihm festgebrannt. Annette ist tot! Tränen laufen ihm übers Gesicht. Er stolpert, hastet den Fußweg entlang, schneller, schneller. Aber vor diesen Erinnerungen kann er nicht weglaufen! Seine Beine bewegen sich automatisch, er brüllt, bis es in seinem Hals schmerzt, doch sie sollen es alle hören! Noch einmal: »Annette ist tot!«, dann verliert er plötzlich den Halt und stolpert über den Bordstein.

Aus einem der nahgelegenen Häuser kommt eine

Frau gestürzt. »Was ist mit Ihnen? Kann ich helfen? Sagen Sie doch was! Warum haben Sie so geschrien?«

Björn reagiert nicht. Das Pflaster ist angenehm kühl. Soll die Frau doch jammern! Was geht sie ihn an? Dann überwältigt ihn wieder der Schmerz. Er springt auf. »Können Sie Tote aufwecken? Wenn Sie's können, dann tun Sie's doch! Na los!«

Die Frau sieht ihn verständnislos an.

»Ach, vergessen Sie's.« Seine Knie schmerzen, die Hose ist zerrissen, warm fließt Blut an seinem Schienbein herunter. Er muß weiter, irgendwohin, an einen Ort, wo man ihn in Frieden läßt, wo er nicht mehr denken muß.

Niemand kann Tote aufwecken, aber töten, das können wir alle! Wie gehetzt humpelt er den Weg, den er früher so oft gegangen ist, entlang. Weiter, weiter. Erst als laute Musik in seine Ohren dringt, verharrt er einen Moment, blickt auf. Der Jugendclub des Ortes. Lange ist's her, daß er hier war! Die Eingangstür steht offen, im kleinen Café dahinter ist noch niemand zu sehen. Björn steigt die Treppe hinauf und betritt den kleinen Raum, in dem sie früher ihre Feten veranstaltet haben. An der Musikanlage steht ein Mädchen, vielleicht fünfzehn Jahre alt, mit kurzgeschnittenen blonden Haaren, engen Jeans.

»Hallo«, versucht er möglichst locker zu grüßen.

»Hallo.« Sie schaut kaum von dem Plattencover auf, das sie in der Hand hält, bewegt sich rhythmisch zur Musik.

Björn geht mit wackligen Schritten durch den Raum an ihr vorbei zu den Toiletten, hockt sich dort auf den weißgefliesten Boden. Die Jeans ist hin, blutrot durchweicht. Er hat sich das Knie ganz schön aufgeschlagen, Straßendreck brennt in der Wunde, Blut tropft auf den Boden. Mit einem angefeuchteten Papierhandtuch versucht er die Wunde sauberzutupfen. Erschöpft zieht er sich dann am Waschbecken hoch, sinkt schließlich auf den Toilettendeckel. Er muß sich erkundigen, ob die hier Verbandszeug haben, irgendeine Salbe, die die Wunde desinfiziert. Stöhnend richtet er sich auf, humpelt mit steifgestrecktem Bein zur Tür hinaus durchs Café auf das Mädchen zu, das jetzt hinter der Theke steht.

»Au Backe«, sagt die, als sie sein Knie sieht. »Was hast du denn gemacht?«

»Langgelegt«, antwortet Björn mit schmerzverzerrtem Gesicht, und als das Mädchen ihn verständnislos ansieht, lügt er hinzu: »Mit dem Mofa.«

Sie nickt verstehend.

»Habt ihr vielleicht Verbandszeug?«

»Ich seh mal nach.«

Björn läßt sich erschöpft auf einen Stuhl fallen, sein Mund ist ausgetrocknet. Ein Bier wäre gut, doch das Mädchen läßt sich überhaupt nicht mehr blicken. Von der Straße hört er das Klacken harter Absätze näherkommen. Nur jetzt nicht noch jemand, der fragt, was passiert ist! Björn versucht seinen Kopf zur Tür zu wenden, um zu sehen, wer kommt, doch schon diese kleine Bewegung tut höllisch weh. Niedergeschlagen läßt er den Kopf auf die Brust sinken.

Die Sonne schien heiß auf die kleine Gesellschaft, die sich langsam die hübsche Allee aus Buchen hinunterbewegte. Warm war es, als wolle sich der Herbst zum Abschied des Sommers noch einmal von seiner schönsten Seite zeigen . . .

Björn geht zusammen mit Annettes Eltern direkt hinter dem Pastor und dem dunklen Eichensarg. Der Kragen des neuen Anzugs, den er erst vor wenigen Tagen gekauft hat, kratzt unangenehm; außerdem ist ihm in der ungewohnten Kleidung viel zu heiß. Er bemerkt, daß die Sargträger unter der Last keuchen.

Der füllige Mann, der am Ende der Reihe geht, hat schon dunkle Schweißflecken unter den Achseln, zieht ab und zu ein schmuddeliges Tuch aus der Jakkentasche und wischt sich die Stirn ab.

Björn blickt zur Seite, mag diesen Mann nicht sehen, will überhaupt nichts mehr sehen; ihm ist übel. Annette liegt keine drei Meter vor ihm! Tot, tot, liegt sie dort in diesem Holzkasten. »Verdammt, denk an was anderes!«, versucht er sich abzulenken. Doch immer wieder taucht ihr blutüberströmtes Gesicht vor seinem inneren Auge auf. Sein Kopf dröhnt zum Zerspringen.

Annettes Eltern. Die Mutter weint hemmungslos, wird von ihrem Mann beruhigend gestreichelt.

Was hilft das jetzt?

Da wird ein Mensch, der noch vor wenigen Tagen gelebt hat, in einer Kiste verstaut, in die Erde hinabgelassen; später werden hier Blumen blühen ... Nicht irgendein Grab. Nicht irgendein Mensch. Annette, seine Freundin, die Frau, der er vertraut hat, die ihn geküßt hat, mit der er die Zukunft geplant hat, die er liebte, noch immer liebt. Sie ist mit einem Male weg, aus dem Leben verschwunden, und sie wird nie wieder auftauchen ...

Als er hochblickt, erkennt er vertraute Gesichter,

Schulfreunde, Nachbarn, die den Weg säumen. Sie sehen eilig zur Seite, sobald sich ihre Blicke kreuzen. Manche haben Tränen in den Augen.

Nach einigen hundert Metern ist die Trauergesellschaft am Ziel. Die Träger lassen den Sarg an breiten Bändern in die vorbereitete Grube sinken, legen die Blumenkränze auf den Holzkasten. Der Pastor spricht abschließende Worte, wirft mit der kleinen Schaufel ein wenig Erde ins Grab. Asche zu Asche, Staub zu Staub. Als Björn es ihm nachtun will, verschwimmt die Umgebung vor seinen Augen. Er kann nicht mehr, wendet sich abrupt ab, entfernt sich ein paar Schritte vom Grab. Da! Ein Mann mit kurzgeschnittenen, dunkelblonden Haaren verläßt eilig den Friedhof.

Jetzt weiß er: Es muß Peter gewesen sein, der Fahrer des Unfallwagens – Yvonnes Freund.

»Wo ist Yvonne?«

»Keine Ahnung. Wach lieber erst mal auf.«

Die Frauenstimme kommt ihm bekannt vor. Björn öffnet die Augen, blickt in ein Gesicht, das ihn besorgt ansieht. Das ist doch Elke, eine frühere Schulkameradin! Klar, noch immer trägt sie ihre dunkelblonden Haare kurz geschnitten. Die schwarze Brille mit den runden Gläsern ist allerdings kleiner, als er sie in Erinnerung hat.

»Hey, Björn, alles wieder in Ordnung?«

Er grinst. »Ja, alles o. k.« Erst dann fällt ihm die schmerzende Wunde am Knie ein. Leise stöhnt er auf.

»Am besten verbinden wir dich erst mal. Christina hat Verbandszeug gefunden . . .«

Elke sieht ihn belustigt an. »Mann, du machst aber auch Sachen. Läßt dich hier über eineinhalb Jahre nicht blicken, sitzt dann plötzlich mit 'nem aufgerissenen Knie im Jugendclub und wirst mal eben bewußtlos.«

Björn zuckt mit den Schultern. Eigentlich ist es ihm egal.

»Was wolltest du denn hier?«

»Nichts Bestimmtes. Bin einfach so vorbeigekommen.«

Sie grinst. »Wer's glaubt, wird selig . . . Willst du was trinken?«

Er nickt. »Ein Bier.«

»Gibt es hier nicht. Nur alkoholfreie Getränke. Cola zum Beispiel.«

Elke verschwindet hinter der Theke, während das Mädchen von vorhin das Ende des Verbandes mit

Heftpflaster zu befestigen versucht. Endlich hat sie es geschafft und räumt das übriggebliebene Verbandszeug zur Seite. Björn atmet auf. Er greift zu seinem Tabakpäckchen und will sich eine Zigarette drehen, doch es fällt ihm schwer, sich darauf zu konzentrieren. Fortwährend dröhnt diese Stimme in seinem Kopf: *Yvonne ist schuldig! Yvonne ist schuldig!*

›Nein, sie saß nur mit im Wagen. Sie hat Annette nicht getötet.‹

Aber sie war dabei. Sie hat sich auch aus dem Staub gemacht und Annette verbluten lassen.

Glücklicherweise kommt Elke schon zurück, drückt ihm ein Glas in die Hand. Gemeinsam setzen sie sich an einen der Tische und trinken Cola. Schweigen. Elke beobachtet ihn, stellt ihm Fragen. Doch Björn antwortet nicht, er will jetzt nicht reden. Seine Gedanken kreisen um Yvonne. War sie vielleicht auch auf der Beerdigung? Hatte er sie nur nicht gesehen?

Es gibt kaum Beweise, nur diese Zeugenaussage, die er bei Annettes Eltern gelesen hat.

Sie ist schuldig! Mitschuldig an Annettes Tod, schuldig durch ihr Schweigen!

»Was machst du denn jetzt so?« hört er Elke erneut fragen.

»Ich lebe so vor mich hin, werde vielleicht bald eine Ausbildung beginnen.«

»Als was denn?«

»Als Heilerziehungspfleger.«

»Und was macht man da?«

»Behinderte betreuen, mit ihnen arbeiten.«

»Bestimmt 'ne interessante Sache, oder?«

Björn zieht die Schultern hoch, antwortet nicht mehr.

»Ist o. k.« Elke sieht ihn etwas unschlüssig an, legt dann ihre Hand auf seinen Arm und meint: »Ich hol uns noch was zu trinken, ja? Übrigens, ein bißchen Alkohol gibt es hier doch. Geheimversteck. Ist allerdings Schnaps.«

Er grinst. »So war's doch früher auch . . .«

Elke nickt und verschwindet erneut hinter der Theke. Kurz darauf kommt sie wieder, zwei ehemalige Senfgläser in der Hand, gefüllt mit einer klaren Flüssigkeit.

»Könnte auch als Wasser durchgehen«, sagt sie und prostet ihm zu. Björn nippt am Glas, spürt das Feuer den Hals runterlaufen. Es tut gut.

Elke erzählt jetzt von den anderen, die mit ihnen auf der Schule waren: »Rolf und Birgit sind seit einem Jahr verheiratet. Er hat den Hof seines Alten übernommen, der sich vor Rheuma kaum mehr bewegen kann und ständig im ›Waldkrug‹ sitzt. Gunnar, der Weiberheld, macht eine Ausbildung zum Bankkaufmann und steht bei der örtlichen Sparkasse hinter dem Tresen. Wahrscheinlich glotzt er jetzt von dort den Kundinnen in den Ausschnitt, nur taktvoller als früher in der Schule und mit einem smarten Lächeln auf den Lippen. Der Rest der Leute schlägt sich mit Studium, Lehre oder so durch.«

Björn nickt ab und zu, läßt den Redestrom an sich vorbeifließen. Schließlich weiß auch Elke nichts Neues mehr zu erzählen, und da er keine Anstalten macht, auf ihre Worte einzugehen, wendet sie sich anderen Leuten zu, die mittlerweile an den umliegenden Tischen sitzen.

Er ist heute kein guter Small-talk-Partner, will es gar nicht sein, heute nicht. Der letzte Schluck rinnt ihm durch die Kehle. Björn steht vorsichtig auf, nickt Elke zu und verläßt den Raum. Das Knie schmerzt, dafür geht's ihm im Kopf wieder besser.

Langsam schlendert er die Straße entlang. Die Sonne schickt letzte Strahlen zwischen den Häuserfassaden hindurch; seine Gedanken segeln: ›Es wird alles gut werden . . . Sie saß doch nicht im Wagen.‹

Doch dann wieder: *Sie ist schuldig! Sie ist schuldig!* Er kann sich nicht dagegen wehren.

Wohin jetzt? Als er aufsieht, bemerkt er, daß er ganz in der Nähe seines Elternhauses ist. Was soll er hier? Er sieht die Straße zum Haus hinauf. Die Fenster sind durch Rolläden verschlossen, der Wagen seines Vaters steht nicht vor der Tür. Ob sie gar nicht da sind? Er kommt sich wie ein Fremder vor. Immerhin ist er seit über einem Jahr nicht mehr hiergewesen, hatte nur mit ihnen telefoniert – ab und zu.

Nichts deutet darauf hin, daß jemand da ist. Vielleicht sind sie für einige Tage weggefahren . . . Den Haustürschlüssel hat er noch.

Unschlüssig lehnt sich Björn an eine Straßenlaterne; jetzt irgendwo sitzen und verschnaufen können, das wäre gut! Er läuft die Straße entlang, biegt in die Einfahrt ein und klingelt. Nichts rührt sich! Eilig kramt er seinen Schlüssel aus der Hosentasche, öffnet die Tür, hofft, daß ihn kein Nachbar gesehen hat . . .

Im Flur riecht es wie immer, wie früher. Er schaltet das Licht an. Grell flammt die Birne auf, schmerzt in seinen Augen. Auch das wie damals, wenn er nachts nach Hause kam. Er hatte dann die Jacke an den Garderobenhaken gehängt, die Schuhe abgestreift und war in die Küche gegangen. Aufmerksam blickt er sich jetzt dort um. Die Vorhänge zugezogen, auf dem Tisch ein violetter Asternstrauß in voller Blüte. Daneben eine Flasche Sekt, ein Pralinenkasten, ein Kärtchen. »Liebe Frau Petelkau. Ein kleines Dankeschön für Ihre Mühe, blablabla . . .«

Björn öffnet den Kühlschrank. Alles da, also werden seine Eltern nur wenige Tage unterwegs sein. Seine Mutter haßt es, nach Hause zu kommen und in einen leeren Kühlschrank blicken zu müssen. Zum Glück!

Auf einmal gutgelaunt, stellt Björn die Lebensmittel auf den Tisch, schneidet sich eine Scheibe Brot ab. Seine Eltern werden sich wundern, vielleicht verärgert sein. Egal.

Als er satt ist, räumt er das Geschirr beiseite, nimmt als Nachtisch ein paar Pralinen aus dem Kasten, dreht sich eine Zigarette. *Sie ist mitschuldig!* Mit dem ersten Zug dringt der Schmerz wieder in sein Bewußtsein. Der Alkohol hatte ihn kurzzeitig betäubt, doch jetzt ist alles wieder voll da. *Sie ist mitschuldig!*

Warum dieser Zufall?

Warum mußte er ausgerechnet Yvonne kennenlernen und sich in sie verlieben? Schicksal?

Björn tritt ans Fenster. Auf der Straße liegen schon

lange Schatten, die Beleuchtung ist eingeschaltet. Eine der Laternen ist defekt. An, aus, an, aus. Gegenüber graue Fassaden, trostlos. Hier hat anscheinend niemand das Bedürfnis nach Farbe.

In dem kleinen Garten blüht zu dieser Jahreszeit auch nichts mehr, was die Aussicht verschönern könnte. Kahle Stengel ragen aus den von braunem, feuchtem Laub bedeckten Blumenbeeten, dazwischen ein einsamer Gartenzwerg mit Schaufel. Irgendwo in der Nähe bellt ein Hund, ein anderer antwortet aus der Ferne. Jetzt ist die Zeit der Vierbeiner. Einmal mit Bello zur nächsten Laterne und dann zurück in die eigenen vier Wände vor den Fernseher.

Das Leben da draußen, wieso läuft es normal weiter, als wäre nichts geschehen? *Yvonne saß mit im Auto!* Saß sie wirklich drin?

›Das habe ich jetzt davon, daß ich meinen Schwur gebrochen habe!‹

Björn wendet sich vom Fenster ab. Nach dem Tod von Annette wollte er sich nie mehr mit einer anderen Frau einlassen! Und nun hatte er es doch getan!

Das ist die Strafe!

Seit dem Tod von Annette ist diese Stimme da,

bombardiert ihn mit Vorwürfen. Es ist zum Kotzen!

Mißmutig durchquert Björn die Küche, geht die Treppe hinauf in sein ehemaliges Zimmer, wirft sich dort aufs Bett.

Die Leute hatten Annettes Tod schnell vergessen, ihre Trauer mit der Toten verscharrt. Die eigenen Probleme waren soviel wichtiger. Kein Moment des Innehaltens, kein Nachdenken über diesen Verlust eines Menschen, der doch zu ihnen gehört hatte. Es hätte auch sie treffen können, aber es hatte nicht. Glück gehabt . . .

In der Schule wurde nach der Beerdigung kein Wort mehr darüber verloren. Annettes Stuhl wurde von jemand anderem besetzt. Endlich war die häßliche Lücke geschlossen, die einen daran hinderte, unbeschwert und gedankenlos zum Alltag überzugehen. Die mitleidigen Blicke wurden seltener. Gut so, Mitleid wollte er nicht. Anderes wurde für sie wichtiger. Die Abiturprüfungen begannen in wenigen Monaten. Natürlich, da konnte man sich nicht mehr mit lästigen Gedanken quälen.

Er hatte es nicht akzeptieren können. Er wollte weg aus diesem Kaff, in dem über die vierte Hochzeit eines Filmsternchens mehr nachgedacht wurde als über den unsinnigen, vermeidbaren Tod einer Bekannten. Er hatte keinen Sinn mehr darin gesehen, für das Abitur zu lernen, wollte diese stumpfe Gleichgültigkeit nicht miterleben.

»Mama und ich verstehen dich ja, mein Junge. Wir finden es auch grausam, was Annette zugestoßen ist, doch du mußt jetzt nach vorn blicken. Ohne ein gutes Abitur kannst du heutzutage gar nichts mehr werden.« So hatte sein Vater unzählige Male auf ihn eingeredet. Als ob man den Verlust eines Menschen einfach so abhaken könnte. Sein Vater war sogar so weit gegangen, ihm Geld für den Führerschein zu versprechen, falls er das Abi bestehen würde. Als ihn auch das nicht zum Büffeln ermunterte, wußte sein Vater keine andere Lösung, als das Angebot zu erhöhen und noch einen gebrauchten Kleinwagen draufzusetzen.

»Laßt mich doch zufrieden. Ihr habt überhaupt nichts kapiert!« Meistens war er von zu Hause in die nächste Kneipe geflüchtet, anstatt zu lernen.

Dann standen plötzlich die Abiprüfungen dicht bevor. Die ersten zwei hatte er glatt verhauen, zur dritten war er gar nicht mehr erschienen. Es war ihm egal. Sein Entschluß stand ohnehin fest: Er wollte so schnell wie möglich weg. Eines Abends Anfang Mai war er dann zu seinen Eltern gegangen und hatte ihnen seinen Auszug angekündigt.

»Aber wohin denn?« hatten sie entsetzt gefragt.

»Ich mach meinen Zivildienst in Friedewald. Dort bekomme ich auch ein Zimmer, solange ich da arbeite.«

Sie waren fassungslos gewesen, hatten seinen Entschluß nicht verstehen können, schon gar nicht, daß er sich mit geistig und körperlich behinderten Menschen abgeben wollte.

»Mußt du denn unbedingt da hin? Wir hätten doch bestimmt gemeinsam etwas Besseres gefunden. Irgendwas Aussichtsreicheres ...« Sie versuchten den ganzen Abend, ihn umzustimmen. Schließlich hatte sein Vater resigniert gerufen: »Was ist denn hier so falsch bei uns? Wir wollen dir doch nur helfen, und wenn du bleibst, hast du sicher weniger Schwierigkeiten als in einer eigenen Wohnung.« Björn hatte nur den Kopf geschüttelt. Es war die erste harte Auseinandersetzung mit seinen Eltern gewesen, und er hatte sich durchgesetzt. Es gab kein Zurück. Annette war tot, ihre gemeinsame Zukunft existierte nicht mehr.

Wenige Tage später war er mit seinen Klamotten, einigen Möbelstücken und etwas Geld, das er in der

Schulzeit nebenher verdient hatte, ausgezogen. Im Keller der »Beschützenden Anstalten Friedewald« hatte er seine Sachen untergestellt und war für drei Wochen nach Holland gefahren.

Ein guter Entschluß. Er hatte dadurch genügend Abstand zu seinen Eltern gewonnen . . .

Suchend blickt sich Björn im Zimmer um. Klar, da hinten, gleich neben dem häßlichen grünen Fenstervorhang, den er schon früher nicht leiden konnte, ist die Postkarte, die er damals geschickt hatte, an die Tapete gepinnt – wie alle Postkarten, die er seinen Eltern im Laufe der Jahre geschickt hatte. Auch einige Erinnerungsstücke hatte seine Mutter an die Wände gehängt und in die Regale gestellt. Sein Wasserfarbenbild von dem Bauernhof, auf dem sie vor X Jahren Urlaub gemacht hatten, dann die kleine Kugelbahn, die er im Werkunterricht aus Pappe zusammengeleimt hatte. Gesammelte Werke des Björn Gärtner . . . Nun, sie mochten ihn nicht verstehen, aber immerhin: Sie vergaßen ihn nicht.

Ein wenig besser gelaunt erhebt er sich vom Bett; er löst die Hollandpostkarte von der Wand. »Viele Grüße aus Holland. Ich erhole mich gut hier und bereite mich seelisch auf meinen Zivildienst vor. Bis irgendwann . . . Björn.«

Für seinen damaligen Zustand klingt das ja richtig vernünftig. Die Tage waren wirklich chaotisch gewesen. Lange Nächte, viel Hasch, Unmengen von rotem Genever – es wurde ihm jetzt noch schlecht, wenn er an das Zeug dachte.

Damals hatte er die Stimme in seinem Inneren das erstemal richtig wahrgenommen. Sie war schon kurz nach Annettes Tod dagewesen, doch erschien sie ihm da mehr wie ein quälender Gedanke, den man irgendwann vergißt. Er hatte nicht weiter darauf geachtet.

In Holland war die Stimme dann mit ganzer Kraft aufgetreten, hatte sich ständig in sein Leben eingemischt, seine Gedanken beeinflußt, bis er manchmal nicht mehr gewußt hatte, was er eigentlich wollte. Was hatte sie ihn mit Vorwürfen gequält, als er sich nach Annettes Tod zum ersten Mal wieder verliebt hatte! Es war nicht einfach ein schlechtes Gewissen, das man verdrängen konnte. Nein, die Stimme in ihm verselbständigte sich, war er selbst, und doch wie ein anderes Wesen. Aus der Beziehung war dann auch prompt nichts geworden.

Aber dann hatte er wieder ein Mädchen kennengelernt. Saskia war schon fünfundzwanzig und gefiel ihm sofort mit ihren kurzen, strubbeligen, strohblonden Haaren, den leuchtendblauen Augen, ihrem spöttisch wirkenden Mund mit den vollen Lippen. Doch mit aller Macht hatte die Stimme ihn gedrängt, diese Beziehung aufzugeben, bevor sie richtig begann. *Das ist Verrat an Annette!*

Er hatte versucht, diese Plage in seinem Inneren zu ignorieren. Mit Saskia, das war doch etwas ganz anderes; eine ganz andere Zärtlichkeit, als er sie mit Annette erlebt hatte. Nur ein kurzes Abenteuer sollte es für beide sein. Als sie dann beide nackt nebeneinander lagen, war ihm etwas Merkwürdiges widerfahren. Mit einem Mal wurde er zu seinem eigenen Beobachter. Ja, seine Augen waren außerhalb seines Körpers gewesen. Er sah sie beide auf dem Bett liegen, sich hastig streichelnd. Doch nicht das war es, was ihn schockierte, nein, es war der Ausdruck ihrer Gesichter. Eigentlich waren es keine Gesichter mehr, es waren Fratzen. Er sah Saskias gierigen Blick, der ihre schönen blauen Augen entstellte. Und sich selbst, die Nasenlöcher aufgebläht, die Augen unnatürlich weit aufgerissen; seinem Mund entströmten eklige, schmatzende Geräusche.

Dann war er in seinen Körper zurückgekehrt, sah Saskia wieder so begehrlich und schön wie vorher, doch seine Lust war verraucht. Ernüchtert löste er ihre Finger von seinem Penis. Sie hatte ihn verdutzt angesehen, gefragt, was denn los sei, doch er hatte nur geantwortet: »Ich kann nicht. Tut mir leid.«

Noch einige Minuten danach hatte es in seinem Inneren höhnisch gelacht, und auch jetzt hört er das kratzende Geräusch tief in seinem Körper.

9

Schon aus einiger Entfernung dröhnt ihr Musik entgegen, es riecht nach Urin und Bier. Nirgendwo in B. laufen so viele Junkies, Alkis und Penner herum. Hier treffen sie sich. Die Szene zieht sie magisch an, wenn in der Innenstadt nach Ladenschluß nichts mehr los ist.

Auf der Straße stauen sich Autos, Männer glotzen aus den Fensteröffnungen ihrer Mittelklassewagen, taxieren die Frauen, die sich in eindeutigen Posen am Straßenrand anbieten. Die einen sind hier Zuschauer, die anderen kämpfen um ihren nächsten Druck. Ätzend!

Yvonne läuft eilig weiter. Discos, Kneipen, Lärm und Gestank – besonders an Wochenenden haßt sie diesen Ort, weil die Leute dann übermäßig viel saufen, oft nicht mehr wissen, was sie tun . . . Früher war auch sie manchmal die ganze Nacht hier, gerade das Leben außerhalb des Normalen hatte sie gereizt. Alles nicht so langweilig, nicht so bürgerlich, ja, fast wild und gefährlich . . . Heute widert es sie an.

Rechts zweigt ein Weg von der Hauptstraße ab, doch schon nach zwanzig, dreißig Metern wird er durch zwei gegeneinander versetzte Wände so eingeengt, daß nur ein schmaler Durchgang bleibt. Sie hält inne, geht dann ein Stück auf die Wände zu, versucht zu erkennen, ob jemand durch den schmalen Gang geschlüpft kommt.

»Du hast hier nichts zu suchen, klar?« fährt sie ein Zuhälter unwirsch an.

»Man wird ja wohl noch gucken dürfen.« Yvonne ist verärgert. Sie geht dennoch weiter. Gleich müßte das ›Fly over‹ kommen.

Am Eingang der Discothek muß sie neun Mark zahlen, auch wenn sie nur kurz reinschauen will. Dafür gibt es einen Bon für Verzehr.

Es ist dunkel und stickig auf der Tanzfläche. Die Lichtanlage, die die Musik begleitet, wird nur spärlich eingesetzt. Hier gibt es noch keinen Laser, keine Diashow und ähnliche hypermoderne Attraktionen, dafür zwei große Spiegelkugeln, einige dunkle Nischen und sicherlich Haschisch, soviel man will und bezahlen kann. Daß Björn sich in diesem Laden wohl fühlt, will ihr nicht in den Kopf. Klar, die Musik mag sie auch, doch einige von den Leuten, die hier herumstehen und tanzen, jagen ihr regelrecht Angstschauer über den Rücken. Trotzdem umrundet sie die Tanzfläche, versucht Björn in der Menge zu entdecken. Gesichter zucken blitzartig vor ihr auf, verschwinden wieder in der Dunkelheit. Fehlanzeige. Sie geht mit ihrer Eintrittskarte zur Theke, um sich wenigstens das Freigetränk zu holen.

Angenehm kühl schlägt ihr die Luft entgegen, als sie wieder auf die Straße tritt. Wie hatte sie es früher nur nächtelang in diesen Schuppen aushalten können? Es ist eben ein paar Jahre her . . . Sie fühlt sich alt, als sie daran denkt. Vielleicht aber ist das hier noch Björns Welt. Immerhin ist er einige Jahre jünger. Was erwartet sie eigentlich von ihm?

Verunsichert geht Yvonne weiter: zum ›Mixmax‹. Es muß ziemlich in der Nähe liegen, abseits vom Trubel der Hauptstraße; doch niemand scheint es zu kennen. Erst nach einigem Fragen erklärt ihr eine Frau den Weg.

Die Fassade der Kneipe ist aus roten Backsteinen gemauert, die zum Dach hin von weißgetünchten Stuckverzierungen abgelöst werden. Durch die hohen, mehrmals unterteilten Fenster dringt gemütliches Licht nach draußen. Erleichtert, daß die Kneipe schon von außen nicht so abgerissen aussieht wie das ›Fly over‹, stößt Yvonne die Eingangstür auf, läßt ihren Blick über die Tische streifen. Wieder nichts! Enttäuscht macht sie gleich auf dem Absatz kehrt.

Immerhin, diese Stammkneipe gefällt ihr schon eher. Jetzt bleibt ihr nur noch der ›Dicke Otto‹. Was aber, wenn Björn da auch nicht ist? Wie lange soll sie denn noch hier herumlaufen? Hatte das alles überhaupt einen Sinn? Würde Björn mit ihr sprechen wollen? Oder würde er sie vielleicht auch nur anschreien und beleidigen, wie Peter damals? Allein die Erinnerung daran genügt, daß sie sofort umkehren möchte, doch in nur geringer Entfernung sieht sie das mit Scheinwerfern angestrahlte Schild: ›Dikker Otto‹.

– Nein! Sie beschleunigt ihre Schritte. Aufgeben wird sie noch nicht. Vielleicht sitzt Björn gerade in dieser Kneipe, unschlüssig, ob er zu ihr gehen soll. Vielleicht möchte auch er mit ihr reden und findet nicht den Mut dazu . . . Sie muß es einfach versuchen.

Durch den dunklen Garten, der im Sommer als Biergarten genutzt wird, führt der spärlich beleuchtete Kiesweg zu einem grellbunt gestrichenen Haus. Auf den Steinstufen vor der geöffneten Eingangstür hängen Jugendliche herum, rauchen und nuckeln gelangweilt an ihren Bierflaschen.

Yvonne geht zwischen ihnen hindurch in den Kneipenraum: Blankpolierter Parkettboden, klobige

Tische, an den Wänden alte Werbeposter – und wieder kein Björn! Okay, Schluß mit dieser Nerverei! Nur eine letzte Chance gibt sie sich und ihm noch.

»Kennst du 'nen Typen, der Björn Gärtner heißt?« fragt sie eine Frau in ihrem Alter, die hinter der Theke steht und Gläser ausspült.

»Vom Namen her nicht. Wie soll er denn aussehen?«

Yvonne zögert einen Moment, versucht, die richtigen Worte zu finden. »Dunkle, kurze Haare, stämmiger Typ und blaue Augen. Wahrscheinlich hat er eine Jeansjacke und Jeans an, dazu weiße Sportschuhe mit roten Streifen.«

»Kann sein, daß der mal da war. Gibt ja nicht nur einen, der so aussieht.« Sie sieht fragend zu ihrer Mitarbeiterin herüber, doch die schüttelt nur den Kopf.

»Kann man nichts machen . . .« Yvonne ringt sich ein Lächeln ab, doch die beiden Frauen beachten sie schon gar nicht mehr. Was nun? Auf dem schnellsten Weg nach Hause! Ab ins Bett! Yvonne geht eilig den dunklen Weg entlang, sie fröstelt, als sie an einer Gruppe dichter Büsche vorbeikommt. Es ist nicht nur die Kälte, es ist . . . Weg hier! Nur dieser eine

Gedanke. Yvonne läuft so schnell sie kann. Keucht da nicht jemand hinter ihr? Sie hat das Gefühl, überhaupt nicht vom Fleck zu kommen. Laufen, laufen! Nur nicht schlappmachen.

10

Es ist still im Haus, draußen peitschen Wind und Regen die Zweige der Buche gegen das Fenster, Äste kratzen am Mauerwerk entlang. Björn wendet sich träge im Bett um. Nacht, nicht mal Sterne sind am Himmel zu sehen.

Was will er noch hier? Warten? Auf wen? Auf seine Eltern? Ihnen erzählen, daß es ihm dreckig geht? Die können doch sowieso nicht helfen. Selbst wenn sie wollten. Sie sind sich fremd geworden. Damals hatte er ihre Hilfe ausgeschlagen; nie mehr wollte er von ihnen abhängig sein, warum also sollte er heute sein Seelenleben vor ihnen ausbreiten?

Als er aus dem Bett steigt, schmerzt sein Knie noch stärker als vorher. Es ist weiter angeschwollen, der Verband spannt. Mit zusammengebissenen Zähnen humpelt er zur Wand, pinnt die Postkarte wieder an die Tapete, steigt vorsichtig die Treppe hinunter, schnappt sich noch ein paar Pralinen, dann zieht er die Haustür hinter sich zu.

Rumms! Er dreht sich eine Zigarette, zündet sie an. Irgendwie ist er erleichtert, als er den Vorgartenweg entlang zur Straße humpelt, dort einen Moment unter der Laterne verharrt und dem Zigarettenqualm nachblickt.

Die kühle Nachtluft tut gut. Als Björn aus dem Schutz der Vorgartenbüsche heraustritt, schlägt ihm feuchter Herbstwind ins Gesicht. Regen prasselt herunter, durchnäßt im Nu Jacke und Schuhe. Es stört ihn nicht. Fort von den Erinnerungen . . .

Fast automatisch tragen ihn seine Beine Schritt für Schritt durch die nächtlichen, regennassen Straßen, vorbei an verklinkerten Fassaden und dunkel abweisenden Hauseingängen. Die meisten Fenster in dieser Straße sind rolladenverriegelt. Kein Lichtstrahl kann durch sie hindurchdringen. Perfekte Abschottung. Im Takt der Schritte schmatzen seine Füße in den Schuhen.

Die Hauptstraße ist noch hell beleuchtet. Ein junges Paar kommt ihm entgegen. Eng umschlungen. Björn sieht zur Seite, er kann diesen Anblick jetzt nicht ertragen.

Auf dem gegenüberliegenden Fußweg torkeln zwei Betrunkene. Einen Moment blickt er in ihre glasigen Augen – Leere. Er wendet sich ab und geht weiter. Die Straße ist menschenleer. Die Zeiger der Uhr über dem Juweliergeschäft stehen auf zehn Minuten vor zwölf.

›Zehn Minuten. Dann habe ich diesen Tag geschafft, abgespult . . .‹ Björn nickt gedankenverloren, sieht sich in einem Schaufenster vorbeihumpeln. Er registriert für einen Moment, daß er müde aussieht, fertig, doch das weiß er ohnehin.

Nur zwei Jahre ist es her, seitdem er aus S. abgehauen ist. Im Moment scheint es ihm eine Ewigkeit zu sein. Gleich nach dem Hollandurlaub hatte er seinen Zivildienst in Friedewald angetreten. Das war eine ganz andere Welt gewesen, Menschen, die ihm vorher nur selten begegnet waren und bei denen er meistens unsicher zur Seite gesehen hatte: Krüppel. Er hatte sie betreut, gepflegt; bei manchen mehrmals täglich die vollgeschissenen Windeln gewechselt.

Mit der Zeit hatte er sich daran gewöhnt, es hatte ihm sogar Spaß gemacht. Er hatte einen Sinn in dieser Arbeit gesehen. Während dieser Zeit war er nur selten nach S. gekommen. Manchmal waren sie mit einigen Rollstuhlfahrern zum nahen italienischen Eiscafé gefahren, oder sie hatten einen Spaziergang durch die kleine Einkaufszone gemacht. Privat hatte er kein Interesse mehr an diesem Kaff gehabt. Ab und zu hatte er ehemalige Schulkameraden getroffen, auf Feten, zu denen er hin und wieder eingeladen war, doch meistens hatten sie sich nicht viel zu sagen.

»Wie geht's denn so?«

»Gut. Und dir?«

»Es geht.«

Der Zivildienst war schneller rumgegangen, als er gedacht hatte. Gerne hätte er weiter in Friedewald gearbeitet. Die Behinderten mochten ihn, mit den MitarbeiterInnen kam er gut zurecht – aber es genügte nicht. Er hatte sich beim Leiter erkundigt, ob er noch ein paar Monate weiterarbeiten könnte.

»Geht leider nicht«, hatte der nur knapp geantwortet. »Staatliche Verordnung. Wir dürfen nur ausgebildete Erzieher oder Heilerziehungspfleger einstellen. Du mußt erst mal 'ne Ausbildung machen, dann nehmen wir dich gern.«

Verdammte Bürokraten, dabei herrschte in Friedewald ständig Personalmangel, von wirklicher Betreuung konnte kaum die Rede sein, und woher sollte er das Geld für die Ausbildung nehmen? Die paar Mark, die er während des Zivildienstes gespart hatte, waren da nur ein Tropfen auf den heißen Stein.

Als der Antrag beim Arbeitsamt endlich durch war, waren schon alle Schulplätze besetzt.

Sein Zivildienst war beendet, und er stand auf der Straße. Kein Job, keine Wohnung, keine Zukunft.

Tagelang war er niedergeschlagen durch die Gegend gelaufen, hatte sogar überlegt, ob er das Abi noch nachholen sollte. Der Gedanke erschien ihm sinnvoll, doch war damit die Wohnungsfrage auch nicht geklärt. Mit viel Glück hatte er schließlich ein Zimmer gefunden. In einem mehrere Tage alten Szenemagazin von B. hatte er eine passabel erscheinende Anzeige gelesen und war gleich, ohne vorher anzurufen, zu der angegebenen Adresse gefahren. Wilfried hatte geöffnet.

»Hey, du kommst doch wohl nicht wegen der Anzeige, oder?«

»Doch, genau deswegen.«

»Tut mir leid. Ich habe es mir anders überlegt. Demnächst zieht meine Freundin hier ein. Aber wenn du schon mal hier bist, komm doch auf 'nen Kaffee mit hoch.«

Er war hinter Wilfried die alte Holztreppe hochgestiegen und hatte überlegt, warum er das eigentlich noch machte. Schließlich war das Zimmer schon weg, und er mußte dringend ein anderes finden.

Oben in der Küche herrschte Chaos. Wilfried war gerade erst aufgestanden, und das um vier Uhr nachmittags. Überall standen Tassen und Teller herum, benutztes Besteck lag auf dem Frühstückstisch, steckte in einem halbvoll mit Wasser gefüllten Marmeladenglas. Wilfried holte einen zweiten Stuhl aus dem Nebenraum und kochte Kaffee. Sie unterhielten sich recht offen. Wilfried baute sich währenddessen einen Joint und rauchte ihn in tiefen Zügen. Er schien das Leben nicht sonderlich ernst zu nehmen. »Kein Bock auf dieses Spießertum. Wenn ich mal Kohle brauche, gehe ich mit der Klampfe los. Ist ganz einträglich, und dazu gibt's ja noch Sozialknete. Vielleicht kommt ja mal ein Produzent vorbei, dann mach ich den Dylan II. Der erste ist ja nun schon ziemlich verbraucht, da wird's Zeit für 'nen Nachfolger. Klampfe und Mundharmonika – und ab geht die Post!«

Björn muß grinsen. Wilfried meinte das wirklich ernst. Im stillen hoffte er tatsächlich, daß er berühmt werden könnte. Die Produzenten schienen leider die falschen Fußgängerzonen zu frequentieren . . .

Erst spät am Nachmittag war er damals wieder gegangen. Er hatte seine Telefonnummer dagelassen. Falls Wilfried von einer leerstehenden Wohnung hören würde, wollte er anrufen.

Einige Tage später rief er tatsächlich an und teilte Björn mit, daß er sofort bei ihm einziehen könne. Das mit seiner Freundin habe er sich anders überlegt, und außerdem glaube er, daß sie beide gut zusammenpassen würden, auch wenn er einige Jahre älter sei.

So war er dann vor wenigen Wochen nach B. gezogen, hatte sich auch einigermaßen an diese große Stadt gewöhnt – und zufällig Yvonne getroffen . . .

Ein heftiger Stich fährt durch seinen Magen. Björn krümmt sich vor Schmerzen, fängt sich dann aber schnell wieder. An eine Hauswand gelehnt, verschnauft er. Was war das?

Er ist mit einemmal schrecklich schlapp, spürt, wie seine Beine einknicken, langsam rutscht er an der Hauswand nach unten. Bilder flackern vor seinen Augen. Er sieht Annette, wie sie mit hängendem Kopf die Straße entlangschleicht, dann taucht wie aus dem Nichts Yvonne auf, lacht höhnisch und verschwindet. Als sein Blick wieder klar ist, erkennt er auf der anderen Straßenseite das neonbeleuchtete Schild: ›Der Tuschkasten‹. Diese Kneipe muß neu hier sein, jedenfalls ist sie ihm noch nie aufgefallen.

›Ich sollte mich betrinken, sinnlos betrinken, bis ich frei bin von diesem glühenden Schmerz, von dieser Schwere in meinem Kopf. Bewußtlos, für immer bewußtlos. Einfach aufhören. Schluß mit dem Denken, diesen endlosen Spiralen im Kopf!‹

Mühsam schleppt er sich dem Neonlicht entgegen.

11

Geschafft! Die Haustür fällt hinter ihr ins Schloß. Der unerträgliche Druck fällt von ihr ab, sie spürt Tränen in sich hochsteigen. Zu Hause, in Sicherheit! Mit wackligen Beinen steigt Yvonne die letzten Treppenstufen hinauf, öffnet die Wohnungstür. Gut, daß Felix sie nicht in diesem Zustand sieht!

Was sie jetzt braucht, ist eine heiße Dusche! Hastig zieht sich Yvonne die naßgeschwitzten Sachen aus. Das tut gut – und es beruhigt. Als sie sich wieder besser fühlt, schlüpft sie in ihren Bademantel, geht ins Schlafzimmer und läßt sich erschöpft auf das Bett fallen. Wenn doch jemand da wäre, mit dem sie sprechen könnte! Björn! Aber der will nichts mehr von ihr wissen, hat sich verdünnisiert, läßt sich irgendwo vollaufen oder knutscht mit einer anderen rum. Und doch: Björn wäre jetzt der Richtige. Aber er ist weg!

Nur eine Woche hat ihre Freundschaft gehalten, und jetzt . . . Ob er wohl doch nur mit ihr ins Bett wollte? Die übliche Geschichte, kapier's endlich! Aber ihr Gefühl kann, will nicht verstehen. Da war doch mehr zwischen ihnen gewesen! Die erste Begegnung mit Björn . . .

Schon lange hatte sie sich auf ihren Urlaub gefreut. Und um nicht bloß zu faulenzen, hatte sie sich für den Kurs ›Frauen und Sport‹ in der Universität angemeldet. Das Ganze sollte im Rahmen einer Frauenwoche stattfinden. Für die Kinder war eine Betreuung organisiert. Es gab dort einige in Felix' Alter, und die zwei Betreuerinnen machten einen engagierten und sympathischen Eindruck. Doch Felix schien da anderer Ansicht zu sein. Er hatte nur geschrien und sich an ihren Hosenbeinen festgekrallt.

Es half alles nichts, kein gutes Zureden, kein bunter Lutscher. Er heulte weiter, und sie brachte es nicht übers Herz, einfach aus dem Raum zu gehen. Mit einemmal riß sich der Kleine los, rannte brüllend hinaus und verschwand auf dem Gang. Sie war gleich hinter ihm hergelaufen, doch als sie auf dem Flur ankam, war Felix verschwunden!

Was war ihr damals nicht alles durch den Kopf gegangen! Wenn Felix nun durch eine Tür hinauslief und von dort auf die Straße? Was, wenn er eine der vielen Treppen hinunterstürzte, dort auf dem Boden läge, blutend, ohne Hilfe? Sie war zur Haupttreppe des Universitätsgebäudes gerannt, doch schon wenige Flure weiter blieb sie überrascht stehen. Da saß

Felix doch tatsächlich, geborgen auf dem Arm eines Mannes, der ihn verwundert und unschlüssig anblickte.

»Hallo, das ist mein Kind!« hatte sie schon von weitem gerufen.

Der Mann hatte ihr zugelächelt. Schon da waren ihr für einen Moment seine Augen aufgefallen. So hell, so leuchtend klar. Doch dann hatte sie sich auf Felix konzentriert. Es ging ihm augenscheinlich sehr gut, denn er strahlte immer nur diesen einen Mann an, der ihn kurz vor der Treppe abgefangen hatte: Björn.

»Tut mir leid, das mit dem Kleinen«, hatte sie entschuldigend hervorgebracht, »Felix scheint überhaupt keine Lust zu verspüren, den Vormittag in der Kindergruppe zu verbringen. Ich mache hier nämlich Bildungsurlaub. Frauen und Sport. Es ist der erste Tag . . .«

Er hatte nur gelächelt. »Und da ist er dir einfach ausgebüxt, wie?«

»Genau, so ist es. Er scheint die Betreuerinnen nicht zu mögen, und damit kann ich den Kurs wohl vergessen.«

»He, du gefällst mir.« Björn sah Felix wohlwollend an.

»Ja, dir vielleicht«, antwortete sie. »Ich finde das alles nicht so toll.« Sie war richtig verzweifelt gewesen. Da gab es schon die Möglichkeit einer Kinderbetreuung, und dann stellte sich Felix derart an.

»Wie wär's, wenn ich auf den Fratz hier aufpasse?«

Erstaunt hatte sie ihn angesehen. Meinte er es ernst?

»Na ja, ich habe momentan ohnehin den ganzen Tag Zeit . . .«

Yvonne nimmt einen Schluck aus dem Glas. Ja, erst da hatte sie Björn genauer angesehen und gedacht, daß er sich das alles wohl ein wenig zu einfach vorstellte. Sie konnte ihren Sohn doch unmöglich einem wildfremden Typen anvertrauen, egal, wie nett der aussah. Woher sollte sie wissen, ob er zuverlässig war? Was konnte nicht alles passieren, wenn sie nicht dabei war! Außerdem war sie sich sicher, daß Felix dieses Spiel nicht mitspielen würde.

Björn hatte ihre Entgegnung gar nicht erst abgewartet. »Hast du nicht Lust, mit mir den Tag zu verbringen, bis deine Mama wieder da ist?«

Zu ihrer Überraschung hatte Felix sie fragend angesehen und dann dem fremden Mann mit »ja« geantwortet.

»Na also.« Björn nickte dem Kleinen aufmunternd zu, und sein Blick schien zu sagen: Die Sache werden wir schon schaukeln, was?

Irgendwie fühlte sie sich von den beiden in die Enge getrieben, doch was blieb ihr als Alternative zu Björns Vorschlag? Entweder ließ sie den Bildungsurlaub sausen, oder sie ging auf sein Angebot ein. Nett schien er immerhin zu sein . . .

Am Nachmittag hatten sie sich dann wieder getroffen. Felix war richtig ausgelassen und fröhlich gewesen. Er hatte mit Björn gespielt, in der Mensa eine große Portion Spaghetti gefuttert und dann draußen auf einer Bank in der Sonne seinen Mittagsschlaf gehalten.

Auch Björn schien das alles großen Spaß gemacht zu haben. Er grinste ihr fröhlich zu und sagte: »Hier hast du deinen Ausreißer zurück. Wir haben aber abgemacht, daß wir die nächsten Tage auch gemeinsam verbringen wollen, während du deinen Bildungsurlaub machst.«

Sie hatte ihn überrascht angesehen. »Dazu hast du wirklich Lust?«

»Klar, wieso nicht. Außerdem habe ich im Augenblick doch Zeit.«

Was hätte sie dazu sagen sollen? Besser hätte es

doch gar nicht kommen können! Sie hatte mit ihrer Antwort noch gezögert, ihn aber für den Abend eingeladen. Er gefiel ihr . . .

Die nächsten Tage hatte er dann auf Felix aufgepaßt und war auch am Abend bei ihnen geblieben. Sie hatten gemeinsam gekocht, gegessen, sich unterhalten. Anfangs war Björn ziemlich schweigsam gewesen, doch später hatte er ihr erzählt, wie es ihm in S. ergangen und warum er nach B. gekommen war. Es fiel ihm sichtlich schwer zu reden, und seine Worte kamen nur stockend. Sie sei die erste, der er davon erzähle, hatte er gesagt und dann einige Zeit geschwiegen.

Auch sie hatte ihm erklärt, warum sie mit Felix allein lebe, hatte vom Tod des einen Zwillings erzählt – und hatte das Gefühl gehabt, daß er sie verstand.

Ja, und so ganz nebenbei hatte sie sich in ihn verliebt, es war ihr gelungen, die schlechten Erfahrungen mit Peter zu verdrängen. Und er?

12

Verbrauchte Luft drängt Björn entgegen, als er die Tür aufstößt. Es riecht nach abgestandenen Kippen und Alkohol. Die Kneipe ist nur schwach beleuchtet, doch es genügt, um die trostlose Szenerie zu erfassen. An einem der Tische hinten bei der Garderobe spielen drei Männer Karten. Zwei junge Frauen und zwei Männer hocken vor der Theke, trinken Bier und unterhalten sich mit der Wirtin; ein etwa vierzigjähriger Mann steht rauchend am Glücksspielautomaten und drückt hektisch auf die blinkenden Knöpfe.

Björn bestellt ein Bier und setzt sich dann an einen der Tische hinten bei der Tür. Ein mieser Spießerladen, doch was soll's? Hier kann er einen Moment in Ruhe sitzen, und vermutlich gibt es in S. sowieso keine bessere Kneipe. Sein Blick streift durch den Raum. Wimpel hängen an der Wand, gelb und nikotingeschwängert, daneben alte Mannschaftsfotos. In einer Vitrine hinter der Theke stehen Pokale und Urkunden.

Nach wenigen Minuten kommt die Wirtin mit dem Bier herüber. Sie sieht ihm einen Moment ins

Gesicht, lächelt kurz und sagt aufmunternd: »Es wird schon wieder werden!« Dann geht sie zurück an den Zapfhahn hinter die Theke, greift nach dem Telefonhörer und wählt.

»Es wird schon wieder werden« – wahrscheinlich ihr Standardspruch in dieser Kneipe. Ein Spruch für jeden Abend, für jeden Gast, der Kummer hat ... Helfen tut er nicht.

Björn greift nach dem Glas, nimmt einen kräftigen Schluck. Das Bier schmeckt schal, doch er hat Durst. Seine Kehle ist ausgetrocknet. Zug um Zug leert er das Glas und stellt es zurück auf den Tisch.

Noch ein Bier! Björn sieht auf, hebt die Hand. Die Wirtin nickt kurz und bringt ihm bald darauf ein neues Glas.

»Zahlen bitte.« Das Geld reicht gerade eben. Die Wirtin schiebt die auf dem Tisch liegenden Geldstücke zusammen, sieht ihn noch einmal an und sagt: »Geh nach Hause, Junge, du siehst gar nicht gut aus. In deinem Zustand solltest du besser im Bett liegen.« Dann wendet sie sich hinüber zum Tisch, an dem die drei Männer Karten spielen.

Nach Hause! Was weiß diese Frau schon! Daß er schlecht aussieht, glaubt er ihr aufs Wort, aber ausschlafen hilft da nichts. *Sie ist schuldig!*

Björn sackt in sich zusammen. Die Uhr über der Theke schlägt halb eins. Zu dieser Zeit – gestern – bei Yvonne . . .

»Hey, du Schweiger. Bleibst du noch hier?« Sie lächelt ihm zu. »Ich bringe nur eben Felix ins Bett. Wenn du Lust hast, dann hol doch schon einen Rotwein aus der Küche. Wo die Gläser stehen, weißt du ja.«

Er nickt glücklich. Endlich! Den ganzen Abend war es so merkwürdig gewesen. Spannung lag in der Luft. Er hatte nicht gewußt, ob er bleiben sollte, schließlich kannten sie sich erst seit fünf Tagen. Gut, er hatte auf Felix aufgepaßt, war jeden Abend der letzten Woche hiergewesen; sie hatten sich gut verstanden, gemocht –, doch ihr Frauenprogramm war mit dem heutigen Tag beendet und damit auch die Begründung für seine längere Anwesenheit.

»O. k. Ich bleibe noch!« Erleichtert blickt er hinter Yvonne her, die mit Felix auf dem Arm in der Tür verschwindet.

»Du Schweiger«, hat sie gesagt. So hatten sie ihn oft in Friedewald genannt, doch bei Yvonne hört sich das Wort anders an . . . Er wird noch hierbleiben! Bei Yvonne. Björn ist aufgeregt, als er die Flasche aus dem Regal zieht, dann die Schublade öffnet und den Korkenzieher herausnimmt. Hatte er sich das nicht die ganze Zeit gewünscht?

Innerlich gespannt geht er zurück ins Wohnzimmer, setzt sich auf das großgeblümte Sofa. Wie soll er sitzen, wenn sie zurückkommt, was soll er tun? Er würde ihr zulächeln, sie fragen: »Alles o. k. mit Felix?« oder »Schläft er schon?« Blöde Überlegungen!

Der Korken geht schwer aus der Flasche. Als er ihn endlich herausgezogen hat, tritt Yvonne von Felix' Zimmer auf den Flur und geht gleich darauf in ihr eigenes Schlafzimmer. Eilig setzt sich Björn mit dem Gesicht zur Tür. Es dauert jedoch noch einige Minuten, bis sie kommt. Als Yvonne in den Raum tritt, bleiben ihm seine zurechtgelegten Fragen im Hals stecken, die Zunge wird dick, ein wenig pelzig. Er bringt keinen Ton raus – wie so oft. Er versucht zu schlucken.

»Endlich Ruhe«, Yvonne lächelt. »Die haben wir uns wirklich verdient.« Sie trägt jetzt eine violette Bluse, dazu einen weißen Baumwollrock. Sie sieht super aus.

»Schenkst du mir auch Wein ein?« hört er sie fragen. Er nickt, ärgert sich zugleich, daß ihm nichts einfällt, greift eilig nach der Flasche und füllt ihr Glas.

Stille.

Plötzlich hört er sich sagen: »Du siehst toll aus . . .«

»Gefällt es dir?«

Björn nickt. »Ja, sehr.«

»Ich habe es extra für dich angezogen.« Sie lächelt. Dieser Mund, diese leicht glänzenden Augen. »Extra für mich!« Sein Kopf wird ganz heiß.

»Vielen Dank, daß du mir so geholfen hast«, sagt sie leise. »Ohne dich hätte das alles nicht mehr geklappt.«

»Mir hat es Spaß gemacht.«

»Ja? Aber es war sicherlich auch anstrengend.«

»Ab und zu.«

»Es wäre auch seltsam gewesen, wenn nicht.« Sie hebt ihr Glas. »Laß uns anstoßen.«

»Worauf?«

»Jeder denkt sich seinen Teil, o. k.?«

Björn nickt, rückt zu ihr herüber und hält ihr das Glas entgegen; da legt Yvonne ihm sanft ihre Hand an die Wange, streichelt ihn behutsam und blickt ihm in die Augen. »Ich mag dich.«

»Ich dich auch«, flüstert Björn heiser.

Und ehe die Stimme in ihm einen Kommentar abgeben kann, begegnen sich ihre Lippen. Ihm wird heiß, er spürt ihre Zunge, sieht ihre großen Augen nah vor sich, nimmt ihren Geruch auf, diesen Geruch, den er erst kennt, seitdem er Yvonne kennt.

Noch immer die Gläser in den Händen haltend, küssen sie sich lange, bis ihnen diese komische Situation auffällt. Sie lachen.

»Prost«, sagt sie dann fröhlich und trinkt einen Schluck.

»Ja, prost.« Björn nickt ihr verwirrt zu, spürt diese eigentümliche Schwere in sich, ist unfähig, das eben Geschehene ganz zu begreifen. Nur schwach regt sich in seinem Inneren Widerstand, doch er hat keine Kraft. »Woran denkst du?« Sie blickt ihn neugierig an, während ihre Finger zärtlich an seinem Hals entlangfahren.

»Ach, an nichts Besonderes.«

»Du warst einen Augenblick weit weg, stimmt's?«

»Ja – ich bin verwirrt.«

»Hm. Ich glaube, das ist ein gutes Zeichen.« Ihre Finger tasten sich in den Ausschnitt seines Pullis vor.

»Ja, ganz bestimmt.« Björn zieht sie näher zu sich heran, küßt sie am Hals, am Kinn, auf den Mund. Sie streicheln sich behutsam. Er spürt ihre Finger. Sie kriechen unter sein T-Shirt, fahren über seinen Bauch, wandern tiefer; es ist so schön, es ist unbeschreiblich . . .

Ein Glas zerspringt hinten beim Spielautomaten auf dem Boden. Björn wendet sich erschrocken um, findet nur mühsam in die Realität zurück. Seine Jeans spannt . . .

Erst sehr spät waren sie eingeschlafen, ihre Körper zärtlich umschlungen. Einmal hatte er, als er für Augenblicke verschwitzt in den Kissen erwachte, Annette vor sich gesehen. Für Sekunden. Sie schien zu lachen und verschwand, dann war da nur noch Yvonne. Er hatte ihren ruhigen Atem gespürt, unter seiner Hand das gleichmäßige Auf und Ab ihrer nackten Brust, und er hatte gewußt, daß alles in Ordnung war. Seit zwei Jahren wieder die zärtliche Umarmung einer Frau, die ihn liebte . . . Ja, es war schön gewesen, und es sollte so weitergehen, wenn da nicht dieses verdammte Foto wäre! Normalerweise . . .

Was ist normal?

Daß man jung ist, die Zukunft noch vor sich hat, das Leben, die Liebe. Daß dieser alltägliche, allgegenwärtige Wahnsinn von absichtlicher und fahrlässiger Tötung einen nicht trifft. Annette hatte er getroffen, und Yvonne hatte im Mordauto gesessen, hatte geschwiegen – war vor der Verantwortung davongelaufen. Hatte Annette schwerverletzt auf der Straße liegengelassen, hatte sie hilflos sterben lassen.

Wer denkt schon daran, daß mit einem einzigen Schritt, dem Taktschlag einer Sekunde, alles aus sein kann? Du überquerst eine Kreuzung, da rast ein Auto auf dich zu. Bremsen quietschen schrill, nur für dich klingen sie schon weit fort. Alles erstarrt mitten in der Bewegung. Der Schmerz, dieser brutale Schmerz! Der Film reißt, es ist vorbei!

Sie ist schuldig!

Und mit dieser Frau, ja, mit Yvonne, hatte er die letzte Nacht verbracht, ihren Sohn die Woche über betreut – und von all dem nichts gewußt!

Sie ist schuldig!

Ruckartig schnellt Björn in die Höhe. Ein stechender Schmerz durchzuckt sein verletztes Bein.

Sie ist schuldig!

Hastig läuft er auf die Tür zu, stößt sie auf, stürmt ins Freie, der Fußweg, die Straße, nichts. Er bleibt abrupt stehen. Alles still. Kein Auto kommt.

Mit klopfendem Herzen starrt er in die Dunkelheit. ›Zum Eichenplatz!‹ schießt es ihm durch den Kopf.

»Annette ist tot. Sie ist von einem Auto erfaßt worden. Der Täter hat Fahrerflucht begangen – eine Frau hat alles gesehen, aber sie konnte nicht helfen, nur telefonieren, und dann war's zu spät. Annette ist verblutet – mein Gott – einfach verblutet ist sie – unser Mädchen . . .« Die verzweifelte Stimme ihres Vaters dröhnt ihm wieder in den Ohren, wie so oft in seinen Träumen, die stetig wiederkehren. Björn hatte damals auf sie gewartet, weil sie gemeinsam zu einem Rockkonzert nach B. fahren wollten. Wie lange hatte er gewartet, in seinem Zimmer gesessen, in regelmäßigen Abständen versucht, sie anzurufen? Vergeblich! Das Freizeichen ertönte, doch niemand nahm ab. Es knackte in der Leitung, aber kein Name wurde genannt. Allmählich wurde er unruhig. Wieso war sie noch nicht zu Hause? Wieso nahm sie den Hörer nicht ab? Nicht einmal ihre Eltern waren da! War etwas geschehen?

Sicherlich kommt sie gleich, hatte er sich dann beruhigt. Sie ist bestimmt auf dem Weg hierher. Gleich wird sie vor der Tür stehen, gutgelaunt und erschöpft von ihrem Gitarrenunterricht. Sie wird wie immer zweimal klingeln und warten, daß er die Tür öffnet, ihn dann freudig begrüßen . . .

Sie kam nicht. Doch das Telefon klingelte. Es war ihr Vater. Diese grausamen Worte: »Sie ist von einem Auto erfaßt worden. Auf dem Weg ins Krankenhaus ist sie gestorben. Sie ist verblutet.«

Björn hatte damals zwar die Worte gehört, sie jedoch nicht sofort verstanden. Sein Kopf weigerte sich, die Nachricht zu begreifen. Machte da jemand einen schlechten Scherz mit ihm? War es wirklich die Stimme von Annettes Vater, die durch die Telefonleitung gespenstisch leise und fremd klang? Was hatte er gesagt? Annette tot? Auf dem Weg ins Krankenhaus gestorben?

Endlich war die erloschene, monotone Stimme in sein Bewußtsein vorgedrungen. »Nein!« Doch jedes Wort war Wirklichkeit.

Björns Schritte werden schneller, zielstrebiger. Es sind nur noch wenige Meter bis zum Eichenplatz. Wie gehetzt läuft er auf dem Fußweg entlang, vorbei an parkenden Autos, die dunkel an der Bordsteinkante stehen. Unvermittelt hält er im Schritt inne. Hier, an dieser Stelle muß sie damals gestanden haben. Ein Zebrastreifen führt über die Straße, die zweispurig befahrbar ist und uneinsehbar in eine Kurve hinter dem neu erbauten Geschäftshaus mündet. Björn geht zwei Schritte auf die Fahrbahn zu, starrt auf das Pflaster, beugt sich hinunter, sucht mit zusammengekniffenen Augen.

Blut! Bremsspuren!

»Nein, nein!« Laut schreit er durch die Nacht.

Wie in einem Film läuft es in ihm ab. Ein Film mit grausamen Bildern: Annette blickt kurz nach beiden Seiten. Die Fahrbahn ist frei. Nein, da kommt ein Wagen, doch er verringert die Geschwindigkeit, also schnell hinüber. Sie ist in Eile. Es ist schon wieder spät geworden. Sie hatte noch mit ihrem Gitarrenlehrer geklönt und darüber beinahe vergessen, daß sie am Abend zum Konzert nach B. wollten . . .

Sie läuft los. Plötzlich blendende Scheinwerfer, quietschende Reifen, ohrenbetäubendes Hupen. Der Schmerz, der Aufprall. Dunkelheit.

»Annette!« Björn läuft auf die Fahrbahn, zu der Stelle, an der Annettes Körper liegt. Blutüberströmt ihr Kopf, der Mund weit aufgerissen, als schreie sie immer noch. Er versucht nach ihr zu greifen, sie an sich zu ziehen, doch bevor er sie berühren kann, ist sie verschwunden.

Erschöpft richtet Björn sich wieder auf, wischt den Schweiß von seiner Stirn. Der rasende Schmerz in seinem Knie bringt ihn zu sich. Annette ist seit zwei Jahren tot!

Die Straße ist menschenleer. Niemand hat ihn gesehen. Gut, sie hätten ihn für krank gehalten. Vielleicht ist er's. Er fühlt sich nur noch müde, wünscht sich nach Hause in sein Bett. Dieses S. macht ihn verrückt. Zu viele Erinnerungen. Mühsam steht Björn auf, versucht den Schmerz in seinem Bein zu ignorieren, klopft den Straßensplitt von seiner Hose; die Nässe wird im Zug wegtrocknen.

Glücklicherweise ist es nicht weit bis zum Bahnhof. Er blickt sich noch einmal um und humpelt dann los. Der Weg führt über die kleine Fußgängerbrücke, unter der der Kanal träge dahinfließt. Ein schäbiges Betonbett, randvoll mit eklig braunem Wasser, aufgeheizt durch das nahe Atomkraftwerk. Dann die Rabengasse bis zur Hauptstraße. Etwa hundert Meter entfernt das Schild: ›Der Tuschkasten‹. Durch die Fenster fällt noch immer trübes Licht.

Wie im Traum läuft Björn weiter, wacht erst wieder im Zug richtig auf, als der sich mit lautem Knarren und einem kräftigen Ruck in Bewegung setzt. Er ist allein im Abteil. Um diese Zeit fährt niemand mehr mit der Bahn von S. nach B. Auf der Straße neben den Gleisen rollen Autos. Lichter schleichen durch die Nacht.

13

Plötzlich schreckt Yvonne hoch. Hat es geklingelt? Regungslos und mit angehaltenem Atem lauscht sie, ob sich vor der Tür etwas bewegt, doch im Treppenhaus ist es still. Neben ihrem Sofa tickt der kleine Reisewecker, gleichmäßig wie immer. Sie nimmt ihn in die Hand, blickt auf das schwach leuchtende Zifferblatt. Ein Uhr dreißig. Wenn jemand um diese Uhrzeit noch mit ihr sprechen will, wird er sicherlich noch einmal klingeln. Doch nichts rührt sich.

Hatte sie geschlafen? Bestimmt. Sie kann sich nicht erinnern, was sie getan hat, bevor sie aufgeschreckt ist. Dann wird ihr jedoch schlagartig alles bewußt. Björn! Vielleicht war es Björn, aber der würde es doch bestimmt ein zweites Mal klingeln lassen. Sie lauscht erneut. Stille. Nicht mal das Atmen von Felix im Nebenraum. Der schläft jetzt hoffentlich selig bei Ulrike . . . Mit ihm hatte alles begonnen vor fünf Tagen; seinetwegen war Björn geblieben – am Anfang. Übermorgen wollten sie gemeinsam Geburtstag feiern: Felix wird zwei Jahre alt. – Die Zeit ist schnell vergangen seit der Geburt, viel zu schnell, und nichts hatte sich gebessert. Oder?

Im Moment jedenfalls erscheint ihr alles traurig, einsam. Björn – er ist weg. Will er sie wirklich nicht mehr sehen? Vielleicht würde er ja kommen, wenn sie ihn zu Felix' Geburtstag einlud! Felix würde sowieso sehr enttäuscht sein, wenn Björn nicht käme, er wußte ja noch gar nicht . . .

Yvonne läuft zum Wohnzimmerschrank und kramt in den Fächern herum. Schließlich zieht sie einige Bogen Papier hervor und hockt sich damit auf den Boden: »Werke« von Felix. Sie entscheidet sich für ein windschiefes Haus mit einem Baum davor, das sie vorgemalt und Felix mit Wachsstiften bekritzelt hatte. Jetzt noch eine Karte! Aus dem Kasten mit den Fotos sucht sie eins heraus, das sie nach Felix' Geburt an alle Freunde geschickt hatte. »Hurra, Felix ist da – B. am 29. September« hatte sie damals auf die Rückseite geschrieben. Aber was soll sie jetzt noch für Björn hinzufügen?

Mit steifen Gliedern steht sie auf, holt sich ein Glas Mineralwasser aus der Küche und hockt sich erneut auf den Boden. Gar nicht so leicht, die richtigen Worte zu finden. Soll sie schreiben: Lieber Björn, oder einfach nur: Hallo Björn? Vielleicht stößt er sich an der ersten Anrede? Sie weiß es nicht. Was sich innerhalb eines Tages ändern kann! Gestern nacht hätte sie ohne zu zögern »Lieber Björn« geschrieben . . .

Halb zwei Uhr. Die wenigen Sätze sind geschrieben, Foto und Felix' Gemälde stecken im Umschlag. Morgen früh wird sie ihn in Björns Briefkasten stekken.

14

Unruhig wälzt sich Björn im Bett hin und her. Er ist noch hundemüde, doch es gelingt ihm nicht, wieder einzuschlafen. Unter dem Rollo zwängt sich ein schmaler Streif Sonntagmorgensonne hindurch, Staub flimmert in der Luft. Auf dem Flur pfeift Wilfried ein Lied im Radio mit, was die Chancen, noch mal einzunicken, nicht gerade erhöht.

Mißmutig dreht sich Björn zur Wand. Alles beschissen! Der Zug hatte heute nacht eine Ewigkeit für die Strecke von S. nach B. gebraucht. Irgendwo mußte ein anderer Zug rangieren und verzögerte damit die Weiterfahrt. Als sie endlich angekommen waren, hatte er beschlossen, noch bei Yvonne vorbeizugehen, um sein Fahrrad zu holen. Einige Minuten hatte er vor der Haustür gestanden und überlegt, ob er klingeln sollte. So 'n Quatsch – wenn seine Vermutungen zutrafen, hatte er da ohnehin nichts mehr zu suchen. Schluß! Aus! Vorbei! Er hatte sein Fahrrad aufgeschlossen und war heimgefahren.

Zu Hause hatte er Stunden wach gelegen, versucht, Schlaf zu finden. Vergeblich! Als er dann doch endlich eingeschlafen war, hatte ihn wieder einer dieser Träume verfolgt. Wie so oft war er die einsame, verwahrloste Straße entlanggelaufen und schweißgebadet an der Kreuzung angekommen. Dicke rote Tropfen hatte es geregnet, doch keiner der Passanten nahm Notiz davon. Plötzlich näherte sich ein schwarzer Opel in schneller Fahrt der Kreuzung. Deutlich sah er Yvonne hinter dem Lenkrad sitzen. Sie schien sich nicht im geringsten darum zu kümmern, daß Menschen die Straße überquerten, erhöhte sogar noch das Tempo.

»Halt an!« hatte er geschrien. »Halt bitte an. Wenn du so weiterrast, wirst du Menschen töten!«

Wenige Meter vor ihm kam der Wagen zum Stehen. Yvonne kurbelte lässig die Scheibe herunter und lachte ihn laut aus.

»Na und?« brüllte sie höhnisch. »Was geht mich das an, wenn jemand stirbt, he? Sterben müssen wir alle mal. Ob durch Unfall, Krankheit oder an Altersschwäche ist doch unwesentlich. Hauptsache, *ich* lebe!« Nach diesen Worten ließ sie ihren Motor aufheulen und fuhr mit quietschenden Reifen davon.

Erschöpft und mit ohnmächtiger Wut im Bauch war er aufgewacht. An Einschlafen war nicht mehr zu denken. In seinem Kopf brummte die Stimme monoton: *Sie saß auch im Wagen! Sie war dabei! Möglicherweise hätte sie es verhindern können!*

Plötzlich klopft es an die Tür, und Wilfried kommt herein. »Moin, Moin. Hier kommt der Botendienst Willi & Co. Na, schon ausgeschlafen? Ich habe nämlich eine Nachricht für dich.«

»He?« Björn sieht ihn verständnislos an.

Wilfried schwenkt einen großen Umschlag über seinem Kopf hin und her.

»Gib mal her.« Björn streckt seinen Arm unter der Decke hervor und läßt sich den Umschlag geben. »Hm, kein Absender drauf.«

»Vielleicht von deiner neuen Angebeteten. Die hat nämlich gestern schon hier angerufen und nach dir gefragt. Yvonne heißt sie, glaube ich.«

»Ach, laß mich zufrieden. Wenn der Brief von der ist, kannste ihn gleich ins Altpapier schmeißen.«

»Oh, schon nach den paar Tagen Liebeskummer? Ich sag's ja immer: Man sollte besser die Finger von den Frauen lassen . . . Na, dann mal viel Spaß mit deiner Sonntagspost.« Pfeifend verläßt Wilfried den Raum.

Björn richtet sich auf und betrachtet den Umschlag. Wenn der nun wirklich von Yvonne ist? Was sie wohl von ihm will?

Sie ist schuldig!

Er öffnet den Umschlag. »Hallo Björn«, liest er. »Ich möchte Dich zu meinem zweiten Geburtstag einladen. Wie Du sehen kannst, bin ich seit meiner Geburt schon ganz schön gewachsen. Kommst Du am Dienstag? Viele Grüße auch von Yvonne, Dein Felix.«

Überrascht starrt Björn auf das Foto. Was steht da? »Hurra, Felix ist da – B. am 29. September.« Sie haben ihn eingeladen! Zu Felix' Geburtstag am 29. September. – Annette! Sie war am 29. September gestorben – vor zwei Jahren! – Nein, an diesem Tag kann er unmöglich zu Felix und Yvonne, der Frau, die . . . Aber . . . Halt! Mit einemmal spürt er, daß da irgend etwas nicht stimmt, nicht stimmen kann: Felix ist an dem Tag geboren, an dem Annette starb? Hatte Yvonne nicht etwas erzählt von Frühgeburt, Krankenwagen . . .? Dann ist es doch praktisch unmöglich, daß Yvonne . . .

Aber die Zeugenaussage!

Ja, aber dort stand doch nur, daß eine blonde Frau mit im Wagen gesessen hat! Es gibt viele Frauen, die blond sind, und Yvonne lag da wahrscheinlich schon im Krankenhaus . . . Björn ist plötzlich ganz aufgeregt. Er springt aus dem Bett, läßt das Rollo nach oben schnellen und sieht hinaus auf die Straße.

Sie ist schuldig!

Nein! Das weiß er jetzt mit Sicherheit. So oder so hatte er ihr Unrecht getan. Er muß mit ihr sprechen! Sofort!